くらべてわかる

關鍵字版

日本語圖解
文法比較

圖解

吉松由美、田中陽子、西村惠子
大山和佳子、山田社日檢題庫小組・著 ／ 吳季倫・譯

辭典

中級
N3

U0080107

山田社
Shan Tian She

為了擺脫課本文法，練就文法直覺力！
138 項文法加上 276 張「雙圖比較」，
關鍵字再加持，
提供記憶線索，讓「字」帶「句」，「句」帶「文」，
瞬間回憶整段話！

關鍵字＋雙圖比較記憶→專注力強，可以濃縮龐雜資料成「直覺」記憶，
關鍵字＋雙圖比較記憶→爆發力強，可以臨場發揮驚人的記憶力，
關鍵字＋雙圖比較記憶→穩定力強，可以持續且堅實地讓記憶長期印入腦海中！

　　日語文法中有像「さいちゅうに」（正在…）、「さい」（在…時）意思相近的文法項目：

さいちゅうに（正在…）：關鍵字「進行中」→著重「正在做某件事情的時候，突然發生了其他事情」。
さい（在…時）：關鍵字「時候」→著重「面臨某一特殊情況或時刻」。

　　「さいちゅうに」跟「さい」有插圖，將差異直接畫出來，配合文字點破跟關鍵字加持，可以幫助快速理解、確實釐清和比較，不用背，就直接印在腦海中！

　　除此之外，類似文法之間的錯綜複雜關係，「接續方式」及「用法」，經常跟哪些詞前後呼應，是褒意、還是貶意，以及使用時該注意的地方等等，都是學習文法必過的關卡。為此，本書將一一為您破解。

─ 精彩內容 ─

■ 關鍵字膠囊式速效魔法，濃縮學習時間！

　　本書精選 138 項 N3 程度的中級文法，每項文法都有關鍵字加持，關鍵字是以最少的字來濃縮龐大的資料，它像一把打開記憶資料庫的鑰匙，可以瞬間回憶文法整個意思。也就是，以更少的時間，得到更大的效果，不用大腦受苦，還可以讓信心爆棚，輕鬆掌握。

■ 雙圖比較記憶，讓文法規則也能變成直覺！

為了擺脫課本文法，練就您的文法直覺力，每項文法都精選一個日檢考官最愛出，最難分難解、刁鑽易混淆的類義文法，並配合 276 張「兩張插圖比較」，將文法不同處直接用畫的給您看，讓您迅速理解之間的差異。大呼「文法不用背啦」！

■ 重點文字點破意思，不囉唆越看越上癮！

為了紮實對文法的記憶根底，務求對每一文法項目意義明確、清晰掌握。書中還按照時間、原因、推測、狀態、程度、立場、希望、條件及勸告…等不同機能，整理成 16 個章節，並以簡要重點文字點破每一文法項目的意義、用法、語感…等的微妙差異，讓您學習不必再「左右為難」，內容扎實卻不艱深，一看就能掌握重點！讓您考試不再「一知半解」，一看題目就能迅速找到答案，一舉拿下高分！

■ 文法闖關實戰考題，立驗學習成果！

為了加深記憶，強化活用能力，學習完文法概念，最不可少的就是要自己實際做做看！每個章節後面都附有豐富的考題，以過五關斬六將的方式展現，讓您寫對一題，好像闖過一關，就能累積實力點數。

本書廣泛地適用於一般的日語初學者，大學生，碩博士生、參加日本語能力考試的考生，以及赴日旅遊、生活、研究、進修人員，也可以作為日語翻譯、日語教師的參考書。

書中還附有日籍老師精心錄製的 MP3 光碟，提供您學習時能更加熟悉日語的標準發音，累積堅強的聽力基礎。扎實內容，您需要的，通通都幫您設想到了！本書提供您最完善、最全方位的日語學習，絕對讓您的日語實力突飛猛進！

目録 もくじ

第1章 ▶ 時間的表現
時の表現

1	ていらい	12
2	さいちゅうに（だ）	13
3	たとたん（に）	15
4	さい（は）、さいに（は）	16
5	ところに	17
6	ところへ	18
7	ところを	20
8	うちに	21
9	までに（は）	23

第2章 ▶ 原因、理由、結果
原因、理由、結果

1	せいか	26
2	せいで（だ）	27
3	おかげで（だ）	29
4	につき	31
5	によって（は）、により	32
6	による	34
7	ものだから	35
8	もので	37
9	もの、もん	38
10	んだもん	40
11	わけだ	41
12	ところだった	42

第3章 ▶ 推測、判斷、可能性

推量、判斷、可能性

1 にきまっている————————————————————46
2 にちがいない————————————————————47
3 (の) ではないだろうか、(の) ではないかとおもう——49
4 みたい (だ)、みたいな————————————————50
5 おそれがある————————————————————52
6 ないことも (は) ない————————————————53
7 っけ————————————————————————55
8 わけが (は) ない————————————————————56
9 わけでは (も) ない————————————————————58
10 んじゃない、んじゃないかとおもう————————59

第4章 ▶ 狀態、傾向

様態、傾向

1 かけ (の)、かける————————————————————62
2 だらけ————————————————————————63
3 み————————————————————————————65
4 っぽい————————————————————————66
5 いっぽうだ————————————————————————68
6 がちだ (の)————————————————————————69
7 ぎみ————————————————————————————70
8 むきの (に、だ)————————————————————72
9 むけの (に、だ)————————————————————73

第5章 ▶ 程度

程度

1 くらい (ぐらい) ～はない、ほど～はない————76
2 ば～ほど————————————————————————77
3 ほど————————————————————————————79
4 くらい (だ)、ぐらい (だ)————————————————80
5 さえ、でさえ、とさえ————————————————82

第 6 章 ▶狀況的一致及變化
状況の一致と変化

1 とおり (に) ——————————————————————85
2 どおり (に) ——————————————————————86
3 きる、きれる、きれない ————————————87
4 にしたがって、にしたがい —————————89
5 につれ (て) ——————————————————————90
6 にともなって、にともない、にともなう ——92

第 7 章 ▶立場、狀況、關連
立場、状況、関連

1 からいうと、からいえば、からいって ————95
2 として (は) ——————————————————————96
3 にとって (は、も、の) ————————————97
4 っぱなしで (だ、の) ————————————————99
5 において、においては、においても、における —101
6 たび (に) ——————————————————————102
7 にかんして (は)、にかんしても、にかんする —103
8 から〜にかけて ——————————————————105
9 にわたって、にわたる、にわたり、にわたった ——106

第 8 章 ▶素材、判斷材料、手段、媒介、代替
素材、判断材料、手段、媒介、代替

1 をつうじて、をとおして ————————————109
2 かわりに ——————————————————————110
3 にかわって、にかわり ——————————————112
4 にもとづいて、にもとづき、にもとづく、にもとづいた —114
5 によると、によれば ——————————————115
6 をちゅうしんに (して)、をちゅうしんとして —116
7 をもとに (して) ——————————————————117

希望、願望、意志、決定、感情表現

1 たらいい（のに）なあ、といい（のに）なあ ──────────121
2 て（で）ほしい、てもらいたい ──────────122
3 ように ──────────124
4 てみせる ──────────126
5 ことか ──────────127
6 て（で）たまらない ──────────129
7 て（で）ならない ──────────131
8 ものだ ──────────132
9 句子＋わ ──────────133
10 をこめて ──────────134

義務、不必要

1 ないと、なくちゃ ──────────138
2 ないわけにはいかない ──────────139
3 から（に）は ──────────140
4 ほか（は）ない ──────────142
5 より（ほか）ない、ほか（しかたが）ない ──────────143
6 わけには（も）いかない ──────────145

条件、仮定

1 さえ〜ば、さえ〜たら ──────────148
2 たとえ〜ても ──────────149
3 （た）ところ ──────────151
4 てからでないと、てからでなければ ──────────152
5 ようなら、ようだったら ──────────153
6 たら、だったら、かったら ──────────154
7 とすれば、としたら、とする ──────────156
8 ばよかった ──────────157

第 12 章 ▸ 規定、慣例、習慣、方法

規定、慣例、慣習、方法

1 ことに（と）なっている ────────────── 160
2 ことにしている ───────────────── 161
3 ようになっている ──────────────── 162
4 ようが（も）ない ──────────────── 164

第 13 章 ▸ 並列、添加、列舉

並列、添加、列挙

1 とともに ─────────────────── 167
2 ついでに ─────────────────── 169
3 にくわえ（て） ──────────────── 170
4 ばかりか、ばかりでなく ────────────── 171
5 はもちろん、はもとより ────────────── 173
6 ような ──────────────────── 174
7 をはじめ（とする、として） ──────────── 176

第 14 章 ▸ 比較、對比、逆接

比較、対比、逆接

1 くらいなら、ぐらいなら ────────────── 179
2 というより ────────────────── 180
3 にくらべ（て） ──────────────── 181
4 わりに（は） ───────────────── 182
5 にしては ─────────────────── 183
6 にたいして（は）、にたいし、にたいする ──────── 185
7 にはんし（て）、にはんする、にはんした ──────── 186
8 はんめん ─────────────────── 187
9 としても ─────────────────── 189
10 にしても ─────────────────── 190
11 くせに ──────────────────── 191
12 といっても ────────────────── 192

第 15 章 ▸ 限定、強調

限定、強調

1 （っ）きり ⸺⸺⸺⸺⸺⸺⸺⸺⸺⸺⸺ 196
2 しかない ⸺⸺⸺⸺⸺⸺⸺⸺⸺⸺⸺ 198
3 だけしか ⸺⸺⸺⸺⸺⸺⸺⸺⸺⸺⸺ 199
4 だけ（で）⸺⸺⸺⸺⸺⸺⸺⸺⸺⸺⸺ 200
5 こそ ⸺⸺⸺⸺⸺⸺⸺⸺⸺⸺⸺⸺ 202
6 など ⸺⸺⸺⸺⸺⸺⸺⸺⸺⸺⸺⸺ 203
7 などと（なんて）いう、などと（なんて）おもう ⸺ 205
8 なんか、なんて ⸺⸺⸺⸺⸺⸺⸺⸺⸺ 206
9 ものか ⸺⸺⸺⸺⸺⸺⸺⸺⸺⸺⸺⸺ 208

第 16 章 ▸ 許可、勧告、使役、敬語、傳聞

許可、勧告、使役、敬語、伝聞

1 （さ）せてください、（さ）せてもらえますか、（さ）せてもらえませんか ⸺ 211
2 ことだ ⸺⸺⸺⸺⸺⸺⸺⸺⸺⸺⸺⸺ 212
3 ことはない ⸺⸺⸺⸺⸺⸺⸺⸺⸺⸺ 214
4 べき（だ）⸺⸺⸺⸺⸺⸺⸺⸺⸺⸺⸺ 215
5 たらどうですか、たらどうでしょう（か）⸺⸺ 217
6 てごらん ⸺⸺⸺⸺⸺⸺⸺⸺⸺⸺⸺ 219
7 使役形＋もらう、くれる、いただく ⸺⸺⸺ 220
8 って ⸺⸺⸺⸺⸺⸺⸺⸺⸺⸺⸺⸺ 222
9 とか ⸺⸺⸺⸺⸺⸺⸺⸺⸺⸺⸺⸺ 223
10 ということだ ⸺⸺⸺⸺⸺⸺⸺⸺⸺⸺ 224
11 んだって ⸺⸺⸺⸺⸺⸺⸺⸺⸺⸺⸺ 226
12 って（いう）、とは、という（のは）（主題・名字）⸺ 227
13 ように（いう）⸺⸺⸺⸺⸺⸺⸺⸺⸺⸺ 229
14 命令形＋と ⸺⸺⸺⸺⸺⸺⸺⸺⸺⸺ 230
15 てくれ ⸺⸺⸺⸺⸺⸺⸺⸺⸺⸺⸺⸺ 232

MEMO

N3

Bun Pou Hikaku Ji-Ten

Chapter

1

★ ★ ★ ★ ★

時の表現

1　ていらい
2　さいちゅうに（だ）
3　たとたん（に）
4　さい（は）、さいに（は）
5　ところに
6　ところへ

7　ところを
8　うちに
9　までに（は）

🎧 Track 001

1 ていらい
自從…以來，就一直…、…之後

意思1

【起點】{動詞て形}＋て以来。表示自從過去發生某事以後，直到現在為止的整個階段，後項一直持續某動作或狀態。不用在後項行為只發生一次的情況，也不用在剛剛發生不久的事。跟「てから」相似，是書面語。中文意思是：「自從…以來，就一直…、…之後」。

例文A

このアパートに引っ越して来て以来、なぜだか夜眠れない。

不曉得為什麼，自從搬進這棟公寓以後，晚上總是睡不著。

補充

〖サ変動詞的Ｎ＋以来〗{サ変動詞語幹}＋以来。

例文

岸君とは、卒業以来一度も会っていない。

我和岸君從畢業以後，連一次面都沒見過。

比較

● **たところが**

可是…、然而…、誰知

接続方法 {動詞た形}＋たところが

【期待】這是一種逆接的用法。表示因某種目的作了某一動作，但結果與期待相反之意。後項經常是出乎意料之外的客觀事實。

例文 a

彼のために言ったところが、かえって恨まれてしまった。

為了他好才這麼說的，誰知卻被他記恨。

◆ 比較說明 ◆

「ていらい」表起點，表示前項的行為或狀態發生至今，後項也一直持續著；「たところが」表期待，表示做了前項動作後結果，就發生了後項的事情，或變成這種狀況。

ていらい【起點】　例文 A

たところが【期待】　例文 a

Track 002

2　さいちゅうに（だ）
正在…

接續方法 {名詞の；動詞て形＋ている}＋最中に（だ）

意思1

【進行中】「最中だ」表示某一狀態、動作正在進行中。「最中に」常用在某一時刻，突然發生了什麼事的場合，或正當在最高峰的時候被打擾了。相當於「～している途中に、～している途中だ」。中文意思是：「正在…」。

例文 A

大切な試合の最中に怪我をして、みんなに迷惑をかけた。

在最重要的比賽中途受傷，給各位添了麻煩。

〖省略に〗有時會將「最中に」的「に」省略，只用「最中」。

例 文

みんなで部長の悪口を言っている最中、部長が席に戻って来た。

大家講經理的壞話正說得口沫橫飛，不巧經理就在這時候回到座位了。

比較

● さい（は）、さいに（は）

…的時候、在…時、當…之際

接續方法 {名詞の；動詞普通形}＋際（は）、際に（は）

意 思

【時候】表示動作、行為進行的時候。相當於「ときに」。

例文 a

仕事の際には、コミュニケーションを大切にしよう。

在工作時，要著重溝通。

◆ 比較說明 ◆

「さいちゅうに（だ）」表進行中，表示正在做某件事情的時候，突然發生了其他事情；「さい（は）」表時候，表示動作、行為進行的時候。也就是面臨某一特殊情況或時刻。

さいちゅうに（だ）【進行中】　例文A

さい（は）【時候】　例文a

3 たとたん（に）
剛…就…、剎那就…

接續方法 {動詞た形}＋とたん（に）

意思1

【時間前後】 表示前項動作和變化完成的一瞬間，發生了後項的動作和變化。由於是説話人當場看到後項的動作和變化，因此伴有意外的語感，相當於「したら、その瞬間に」。中文意思是：「剛…就…、剎那就…」。

例文A

その子供は、座ったとたんに寝てしまった。

那個孩子才剛坐下就睡著了。

比較

● とともに
與…同時，也…

接續方法 {名詞；動詞辭書形}＋とともに

意思

【同時】 表示後項的動作或變化，跟著前項同時進行或發生，相當於「と一緒に」、「と同時に」。

例文a

時代の流れとともに、人々の食生活も変化してきている。

隨著時代的變遷，人們的飲食習慣也跟著產生變化。

◆ 比較說明 ◆

「たとたん（に）」表時間前後，表示前項動作完成的瞬間，馬上又發生了後項的事情；「とともに」表同時，表示隨著前項的進行，後項也同時進行或發生。

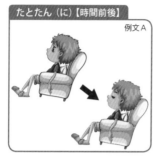

たとたん（に）【時間前後】

例文A

とともに【同時】

例文a

4 さい（は）、さいに（は）
…的時候、在…時、當…之際

接續方法 {名詞の；動詞普通形}＋際（は）、際に（は）

意思1

【時點】 表示動作、行為進行的時候。也就是面臨某一特殊情況或時刻。一般用在正式場合，日常生活中較少使用。相當於「ときに」。中文意思是：「…的時候、在…時、當…之際」。

例文A

明日、御社へ伺う際に、詳しい資料をお持ち致します。

明天拜訪貴公司時，將會帶去詳細的資料。

比較

● ところに
…的時候、正在…時

接續方法 {名詞の；形容詞辭書形；動詞て形＋いる；動詞た形}＋ところに

意思

【時點】 表示行為主體正在做某事的時候，發生了其他的事情。大多用在妨礙行為主體的進展的情況，有時也用在情況往好的方向變化的時候。相當於「ちょうど～しているときに」。

例文 a

出かけようとしたところに、電話が鳴った。

正要出門時，電話鈴就響了。

◆ 比較說明 ◆

「さい（は）」表時點，表示在做某個行為的時候；「ところに」也表
時點，表示在做某個動作的當下，同時發生了其他事情。

🎧 Track 005

---

5 ところに
…的時候、正在…時

接續方法 {名詞の；形容詞辭書形；動詞て形＋ている；動詞た形}＋
ところに

意思1

【時點】表示行為主體正在做某事的時候，發生了其他的事情。大
多用在妨礙行為主體的進展的情況，有時也用在情況往好的方向變
化的時候。相當於「ちょうど～しているときに」。中文意思是：「…
的時候、正在…時」。

例文A

君、いいところに来たね。これ、1枚コピーして。

你來得正好！這個拿去印一張。

• さいちゅうに、さいちゅうだ

正在…

接續方法 {名詞の；動詞て形＋いる}＋最中に、最中だ

意 思

【進行中】「最中だ」表示某一行為、動作正在進行中,「最中に」常用在某一時刻,突然發生了什麼事的場合,相當於「～している途中に、～している途中だ」。

例文 a

大事な試験の最中に、急にお腹が痛くなってきた。

だいじ しけん さいちゅう きゅう なか いた

在重要的考試時,肚子突然痛起來。

◆ 比較說明 ◆

「ところに」表時點,表示在做某個動作的當下,同時發生了其他事情;「さいちゅうに」表進行中,表示正在做某件事情的時候突然發生了其他事情。

ところに【時點】

例文A

さいちゅうに【進行中】

例文a

🎧 Track 006

---

6 ところへ

…的時候、正當…時,突然…、正要…時,(…出現了)

接續方法 {名詞の；形容詞辭書形；動詞て形＋ている；動詞た形}＋ところへ

意思 1

【時點】表示行為主體正在做某事的時候,偶然發生了另一件事,

並對行為主體產生某種影響。下文多是移動動詞。相當於「ちょうど〜しているときに」。中文意思是:「…的時候、正當…時,突然…、正要…時,(…出現了)」。

例文A

先月家を買ったところへ、今日部長から転勤を命じられた。

上個月才剛買下新家,今天就被經理命令調派到外地上班了。

比較

● たとたん (に)

剛…就…、剎那就…

接續方法 {動詞た形}＋とたん (に)

意思

【時間前後】表示前項動作和變化完成的一瞬間,發生了後項的動作和變化。由於說話人當場看到後項的動作和變化,因此伴有意外的語感,相當於「したら、その瞬間に」。

例文a

窓を開けたとたんに、ハエが飛び込んできた。

一打開窗戶,蒼蠅立刻飛了進來。

◆ 比較說明 ◆

「ところへ」表時點,表示前項「正好在…時候 (情況下)」,偶然發生了後項的其他事情,而這一事情的發生,改變了當前的情況;「たとたんに」表時間前後,表示前項動作完成的瞬間,馬上又發生了後項的動作和變化。由於說話人是親身經歷後項的動作和變化,因此句尾要接過去式,並且伴有意外的語感。

ところへ【時點】 例文A

たとたんに【時間前後】 例文a

7 ところを
正…時、…之時、正當…時…

接續方法 {名詞の；形容動詞詞幹な；[形容詞・動詞]普通形}＋ところを

意思1

【時點】表示正當A的時候，發生了B的狀況。後項的B所發生的事，是對前項A的狀況有直接的影響或作用的行為。含有説話人擔心給對方添麻煩或造成對方負擔的顧慮。相當於「ちょうど～しているときに」。中文意思是：「正…時、…之時、正當…時…」。

例文A

お話し中のところを失礼します。高橋様がいらっしゃいました。

不好意思，打擾您打電話，高橋先生已經到了。

比較

● さい（は）、さいに（は）
…的時候、在…時、當…之際

接續方法 {名詞の；動詞普通形}＋際（は）、際に（は）

意思

【時候】表示動作、行為進行的時候。相當於「ときに」。

お降りの際は、お忘れ物のないようご注意ください。

下車時請別忘了您隨身攜帶的物品。

◆ 比較說明 ◆

「ところを」表時點，表示行為主體正在做某事的時候，偶然發生了其他的事情。大多用在妨礙行為主體的進展的情況，有時也用在情況往好的方向變化的時候；「さい（は）」表時候，表示動作、行為進行的時候。

♩ Track 008

8 うちに
趁…做…、在…之內…做…；在…之內，自然就…

接續方法 {名詞の；形容動詞詞幹な；[形容詞・動詞]辭書形}＋うちに

意思1

【期間】表示在前面的環境、狀態持續的期間，做後面的動作。強調的重點是狀態的變化，不是時間的變化。相當於「（している）間に」。中文意思是：「趁…做…、在…之內…做…」。

例文 A

子供が寝ているうちに、買い物に行ってきます。

趁著孩子睡著時出門買些東西。

〔**變化**〕前項接持續性的動作，後項接預料外的結果或變化，而且是不知不覺、自然而然發生的結果或變化。中文意思是：「在…之內，自然就…」。

例 文

その子は、お母さんを待っているうちに寝てしまった。

那孩子等待母親回來，不知不覺就睡著了。

比較

● まえに

…之前，先…

接續方法 {動詞辭書形}＋まえに

意 思

【**前後關係**】表示動作的順序，也就是做前項動作之前，先做後項的動作。

例文 a

私はいつも、寝る前に歯を磨きます。

我都是睡前刷牙。

◆ 比較說明 ◆

「Aうちに」表期間，表示在A狀態還沒有結束前，先做某個動作；「Aまえに」表前後關係，是用來客觀描述做A這個動作前，先做後項的動作。

うちに【期間】

例文A

まえに【前後關係】

例文 a

9 までに（は）
…之前、…為止

接續方法 {名詞；動詞辭書形}＋までに（は）

意思1

【期限】前面接和時間有關的名詞，或是動詞，表示某個截止日、某個動作完成的期限。中文意思是：「…之前、…為止」。

例文A

12時までには寝るようにしている。

我現在都在十二點之前睡覺。

比較
● のまえに
…前、…的前面

接續方法 {名詞}＋の＋まえに

意思

【前後關係】表示做某事之前先進行後項行為，或空間上的前面。

例文a

仕事の前にコーヒーを飲みます。

工作前先喝杯咖啡。

◆ 比較說明 ◆

「までに（は）」表期限，表示某個動作完成的期限、截止日；「のまえに」表前後關係，表示動作的順序，也就是做前項動作之前，先做後項的動作。也表示空間上的前面。

まиでに（は）【期限】

例文A

のまえに【前後關係】

例文a

前に

MEMO

1

実力テスト

做對了，往 走，做錯了往 走。

次の文の＿＿＿＿＿にはどんな言葉を入れたらよいか。1・2から最も適当なものをひとつ選びなさい。

實力測驗

Q 哪一個是正確的？

1

赤ちゃんが寝ている（　　）、洗濯しましょう。

1. 前に　　　　2. うちに

譯

1. 前に：在…前
2. うちに：趁…

2

故郷に帰った（　　）、とても歓迎された。

1. 際に　　　　2. ところに

譯

1. 際に：…的時候
2. ところに：正在…時

3

テレビを見ている（　　）に、非常ベルが鳴りました。

1. 最中に　　　　2. うちに

譯

1. 最中に：正在
2. うちに：趁

4

バスを降りた（　　）、傘を忘れたことに気がついた。

1. とたんに　　2. せいで

譯

1. とたんに：剛…就
2. せいで：由於…

5

彼女は嫁に（　　）、一度も実家に帰っていない。

1. 来たところ　2. 来て以来

譯

1. 来たところ：來了，結果
2. 来て以来：自從…以來

6

口紅を塗っている（　　）、子供が飛びついてきて、はみ出してしまった。

1. ところに　　2. とたんに

譯

1. ところに：正當
2. とたんに：一…就…

答案：（1）2（2）1（3）1
（4）1（5）2（6）1

25

原因、理由、結果

1 せいか
2 せいで (だ)
3 おかげで (だ)
4 につき
5 によって (は)、により
6 による
7 ものだから
8 もので
9 もの、もん
10 んだもん
11 わけだ
12 ところだった

🎧 **Track 010**

1 せいか
可能是（因為）…、或許是（由於）…的緣故吧

接續方法 {名詞の；形容動詞詞幹な；[形容詞・動詞] 普通形} ＋せいか

意思1

【原因】表示不確定的原因，説話人雖無法斷言，但認為也許是因為前項的關係，而產生後項負面結果，相當於「ためか」。中文意思是：「可能是（因為）…、或許是（由於）…的緣故吧」。

例文A

私の結婚が決まったせいか、最近父は元気がない。

也許是因為我決定結婚了，最近爸爸無精打采的。

補 充

〔正面結果〕後面也可接正面結果。

例 文

しっかり予習をしたせいか、今日は授業がよくわかった。

可能是徹底預習過的緣故，今天的課程我都聽得懂。

比較

● がゆえ (に)、がゆえの、(が) ゆえだ

因為是…的關係；…才有的…

接續方法 {名詞・形容動詞詞幹}（である）；[形容詞・動詞]普通形}＋が故（に）、が故の、（が）故だ

意思

【原因】是表示原因、理由的文言說法。

例文 a

電話で話しているときもついおじぎをしてしまうのは、日本人であるが故だ。

由於身為日本人，連講電話時也會不由自主地鞠躬行禮。

◆ 比較說明 ◆

「せいか」表原因，表示發生了不好的事態，但是說話者自己也不太清楚原因出在哪裡，只能做個大概的猜測；「がゆえ」也表原因，表示句子之間的因果關係，前項是理由，後項是結果。

せいか【原因】

例文A

がゆえ【原因】

例文a

♪ Track 011

2 せいで（だ）
由於…、因為…的緣故、都怪…

接續方法 {名詞の；形容動詞詞幹な；[形容詞・動詞]普通形}＋せいで（だ）

意思1

【原因】表示發生壞事或會導致某種不利情況的原因，還有責任的所在。「せいで」是「せいだ」的中頓形式。相當於「～が原因だ、ため」。中文意思是：「由於…、因為…的緣故、都怪…」。

たいふう しんかんせん と
台風のせいで、新幹線が止まっている。

由於颱風之故，新幹線電車目前停駛。

補充1

〖否定句〗否定句為「せいではなく、せいではない」。

例文

びょうき きみ きみ かあ
病気になったのは君のせいじゃなく、君のお母さんの
だれ
せいでもない。誰のせいでもないよ。

生了病不是你的錯，也不是你母親的錯，那不是任何人的錯啊！

補充2

〖疑問句〗疑問句會用「せい＋表推量的だろう＋疑問終助詞か」。

例文

きゃく こ みせ ばしょ ふべん
おいしいのにお客が来ない。店の場所が不便なせい
だろうか。

明明很好吃卻沒有顧客上門，會不會是因為餐廳的地點太偏僻了呢？

比較

● **せいか**

可能是（因為）…、或許是（由於）…的緣故吧

接續方法 {名詞の；形容動詞詞幹な；[形容詞・動詞] 普通形}＋
せいか

意思

【原因】表示不確定的原因，說話人雖無法斷言，但認為也許是因
為前項的關係，而產生後項負面結果，相當於「ためか」。

例文a

とし からだ ちょうし わる
年のせいか、体の調子が悪い。

也許是年紀大了，身體的情況不太好。

「せいで（だ）」表原因，表示發生壞事或會導致某種不利情況的原因，還有責任的所在。含有責備對方的語意；「せいか」也表原因，表示發生了不好的事態，但是說話者自己也不太清楚原因出在哪裡，只能做個大概的猜測。

せいで（だ）【原因】

例文A

せいか【原因】

例文a

🎧 Track 012

3 おかげで（だ）

多虧…、托您的福、因為…

接續方法 {名詞の；形容動詞詞幹な；形容詞普通形・動詞た形}＋おかげで（だ）

意思1

【原因】由於受到某種恩惠，導致後面好的結果，與「から、ので」作用相似，但感情色彩更濃，常帶有感謝的語氣。中文意思是：「多虧…、托您的福、因為…」。

例文A

母が90になっても元気なのは、歯が丈夫なおかげだ。

家母高齡九十仍然老當益壯，必須歸功於牙齒健康。

補充

〖消極〗後句如果是消極的結果時，一般帶有諷刺的意味，相當於「のせいで」。

隣にスーパーができたおかげで、うちの店は潰れそうだよ。

都怪隔壁開了間新超市，害我們這家店都快關門大吉啦！

● せいで、せいだ

由於…、因為…的緣故、都怪…

接續方法 {名詞の；形容動詞詞幹な；[形容詞・動詞]普通形}＋せいで、せいだ

意 思

【原因】表示發生壞事或會導致某種不利的情況的原因，還有責任的所在。「せいで」是「せいだ」的中頓形式。相當於「～が原因だ、ため」。

例文 a

おやつを食べ過ぎたせいで、太った。

因為吃了太多的點心，所以變胖了。

◆ 比較說明 ◆

「おかげで（だ）」表原因，表示因為前項而產生後項好的結果，帶有感謝的語氣；「せいで（だ）」也表原因，表示由於某種原因導致不好的、消極的結果。

おかげで（だ）【原因】 例文A

せいで（だ）【原因】 例文a

4 につき
因…、因為…

接續方法 {名詞}＋につき

意思1

【原因】 接在名詞後面，表示其原因、理由。一般用在書信中比較鄭重的表現方法，或用在通知、公告、海報等文體中。相當於「のため、～という理由で」。中文意思是：「因…、因為…」。

例文A

たいちょうふりょう
体調不良につき、欠席させていただきます。

因為身體不舒服，請允許我請假。

比較
● **による**
　因…造成的…、由…引起的…

接續方法 {名詞}＋による

意思

【原因】 表示某種事態的原因，也就是由於前項客觀原因，造成了後項的結果。「による」前接所引起的原因。

例文a

ふちゅうい　だいじこ　お
不注意による大事故が起こった。

因為不小心，而引起重大事故。

◆ 比較說明 ◆

「につき」表原因，是書面用語，用來說明事物或狀態的理由；「による」也表原因，表示所依據的原因、方法、方式、手段。後項的結果是因為前項的行為、動作而造成的。

につき【原因】 例文A

による【原因】 例文a

5 によって (は)、により

(1)因為…;(2)由…;(3)依照…的不同而不同;(4)根據…

接續方法 {名詞}＋によって (は)、により

意思1

【理由】表示事態的因果關係,「により」大多用於書面,後面常接動詞被動態,相當於「～が原因で」。中文意思是:「因為…」。

例文A

かれ じどうしゃ じこ からだ じゆう うしな
彼は自動車事故により、体の自由を失った。

他由於遭逢車禍而成了殘疾人士。

意思2

【被動句的動作主體】用於某個結果或創作物等,是因為某人的行為或動作而造成、成立的。中文意思是:「由…」。

例文B

でんわ ねん はつめい
電話は、1876年グラハム・ベルによって発明された。

電話是由格拉漢姆・貝爾於1876年發明的。

意思3

【對應】表示後項結果會對應前項事態的不同,而有各種可能性。中文意思是:「依照…的不同而不同」。

場合<ruby>場<rt>ば</rt></ruby><ruby>合<rt>あい</rt></ruby>によっては、<ruby>契<rt>けい</rt></ruby><ruby>約<rt>やく</rt></ruby><ruby>内<rt>ない</rt></ruby><ruby>容<rt>よう</rt></ruby>を<ruby>変<rt>へん</rt></ruby><ruby>更<rt>こう</rt></ruby>する<ruby>必<rt>ひつ</rt></ruby><ruby>要<rt>よう</rt></ruby>がある。

有時必須視當時的情況而變更合約內容。

意思4

【手段】表示事態所依據的方法、方式、手段。中文意思是：「根據…」。

例文D

<ruby>実<rt>じっ</rt></ruby><ruby>験<rt>けん</rt></ruby>によって、<ruby>薬<rt>くすり</rt></ruby>の<ruby>効<rt>こう</rt></ruby><ruby>果<rt>か</rt></ruby>が<ruby>明<rt>あき</rt></ruby>らかになった。

藥效經由實驗而得到了證明。

比較

• にもとづいて、にもとづき、にもとづく、にもとづいた

根據…、按照…、基於…

接續方法 {名詞}＋に基づいて、に基づき、に基づく、に基づいた

意 思

【依據】表示以某事物為根據或基礎。相當於「をもとにして」。

例文d

この<ruby>雑<rt>ざっ</rt></ruby><ruby>誌<rt>し</rt></ruby>の<ruby>記<rt>き</rt></ruby><ruby>事<rt>じ</rt></ruby>は、<ruby>事<rt>じ</rt></ruby><ruby>実<rt>じつ</rt></ruby>に<ruby>基<rt>もと</rt></ruby>づいていない。

這本雜誌上的報導沒有事實根據。

◆ 比較說明 ◆

「によって（は）」表手段，表示做後項事情的方法、手段；「にもとづいて」表依據，表示以前項為依據或基礎，進行後項的動作。

によって（は）【手段】	にもとづいて【依據】
 例文 D	 例文 d

🎧 **Track 015**

6 による
因…造成的…、由…引起的…

接續方法 {名詞}＋による

意思 1

【原因】 表示造成某種事態的原因。「による」前接所引起的原因。中文意思是：「因…造成的…、由…引起的…」。

例文A

運転手の信号無視による事故が続いている。

一連發生多起駕駛人闖紅燈所導致的車禍。

比較

● **ので**
因為…

接續方法 {[形容詞・動詞]普通形}＋ので；{名詞；形容動詞詞幹}な＋ので

意 思

【原因】 表示原因、理由。前句是原因，後句是因此而發生的事。「ので」一般用在客觀的自然的因果關係，所以也容易推測出結果。

例文 a

寒いので、コートを着ます。

因為很冷，所以穿大衣。

34

「による」表原因，表示造成某種事態的原因。後項的結果是因為前項的行為、動作而造成的；「ので」也表原因、理由。是客觀地敘述前項後後項的自然的因果關係，後項大多是已經發生或確定的事情。

による【原因】

例文A

ので【原因】

例文a

🎧 Track 016

7 ものだから
就是因為…，所以…

接續方法 {[名詞・形容動詞詞幹]な；[形容詞・動詞]普通形}＋ものだから

意思1

【原因】表示原因、理由，相當於「から、ので」常用在因為事態的程度很厲害，因此做了某事。中文意思是：「就是因為…，所以…」。

例文A

久しぶりに会ったものだから、懐かしくて涙が出た。

畢竟是久違重逢，不禁掉下了思念的淚水。

補 充

〖說明理由〗含有對事情感到出意料之外、不是自己願意的理由，而進行辯白，主要為口語用法。口語用「もんだから」。

道に迷ったものだから、途中でタクシーを拾った。

由於迷路了，因此半路攔了計程車。

● ことだから

由於

接續方法 {名詞の}＋ことだから

意　思

【原因】表示理由，由於前項狀況、事態，後項也做與其對應的行為。

例文 a

今年はうちの商品ずいぶん売れたことだから、きっとボーナスもたくさん出るだろう。

今年我們公司的產品賣了不少，想必會發很多獎金吧。

◆ 比較說明 ◆

「ものだから」表原因，用來解釋理由。表示會導致後項的狀態，是因為前項的緣故。「ことだから」也表原因。表示「（不是別的）正是因為是他，所以才…的吧」說話人自己的判斷依據。說話人通過對所提到的人的性格及行為的瞭解，而做出的判斷。

ものだから【原因】 例文 A

ことだから【原因】 例文 a

8 もので
因為…、由於…

接續方法 {形容動詞詞幹な；[形容詞・動詞] 普通形}＋もので

意思1

【理由】 意思跟「ので」基本相同，但強調原因跟理由的語氣比較強。前項的原因大多為意料之外或不是自己的意願，後項為此進行解釋、辯白。結果是消極的。意思跟「ものだから」一樣。後項不能用命令、勸誘、禁止等表現方式。中文意思是：「因為…、由於…」。

例文A

携帯電話を忘れたもので、ご連絡できず、すみませんでした。

由於忘了帶手機而無法與您聯絡，非常抱歉。

比較
● ことから
因為…

接續方法 {名詞である；形容動詞詞幹な；[形容詞・動詞] 普通形}＋ことから

意思

【理由】 表示後項事件因前項而起。

例文a

つまらないことから大喧嘩になってしまいました。

因為雞毛蒜皮小事演變成了一場大爭吵。

◆ 比較說明 ◆

「もので」表理由，用來解釋原因、理由，帶有辯駁的感覺，後項通常是由前項自然導出的客觀結果；「ことから」也表理由，表示原因或者依據。根據前項的情況，來判斷出後面的結果或結論。是說明事情的經過跟理由的句型。句末常用「がわかる」等形式。

もので【理由】

例文A

ことから【理由】

例文a

9 もの、もん

(1)就是因為…嘛；(2)因為…嘛

接續方法 {[名詞・形容動詞詞幹]んだ；[形容詞・動詞]普通形んだ}＋もの、もん

意思1

【強烈斷定】表示説話人很堅持自己的正當性，而對理由進行辯解。中文意思是：「就是因為…嘛」。

例文A

<ruby>母親<rt>ははおや</rt></ruby>ですもの。<ruby>子供<rt>こども</rt></ruby>を<ruby>心配<rt>しんぱい</rt></ruby>するのは<ruby>当<rt>あ</rt></ruby>たり<ruby>前<rt>まえ</rt></ruby>でしょう。

我可是當媽媽的人呀，擔心小孩不是天經地義的嗎？

補充

《口語》更隨便的口語説法用「もん」。

例文

<ruby>田中君<rt>たなかくん</rt></ruby>は<ruby>絶対<rt>ぜったい</rt></ruby>に<ruby>来<rt>く</rt></ruby>るよ。<ruby>昨日約束<rt>きのうやくそく</rt></ruby>したもん。

田中一定會來嘛！他昨天答應人家了。

意思2

【說明理由】説明導致某事情的緣故。含有沒辦法，事情的演變自然就是這樣的語氣。助詞「もの、もん」接在句尾，多用在會話中，年輕女性或小孩子較常使用。跟「だって」一起使用時，就有撒嬌的語感。中文意思是：「因為…嘛」。

「なんで笑うの。」「だって可笑しいんだもん。」

「妳笑什麼？」「因為很好笑嘛！」

比較

● ものだから

就是因為…，所以…

接續方法 {[名詞・形容動詞詞幹]な；[形容詞・動詞]普通形}＋ものだから

意 思

【理由】表示原因、理由，相當於「から」、「ので」常用在因為事態的程度很厲害，因此做了某事。

例文 b

隣のテレビがやかましかったものだから、抗議に行った。

因為隔壁的電視太吵了，所以跑去抗議。

◆ 比較說明 ◆

「もの」表説明理由，帶有撒嬌、任性、不滿的語氣，多為女性或小孩使用，用在説話者針對理由進行辯解；「ものだから」表理由，用來解釋理由，通常用在情況嚴重時，表示出乎意料或身不由己。

10 んだもん
因為…嘛、誰叫…

接續方法 {[名詞・形容動詞詞幹]な}＋んだもん；{[動詞・形容詞]普通形}＋んだもん

意思1

【理由】用來解釋理由，是口語説法。語氣偏向幼稚、任性、撒嬌，在説明時帶有一種辯解的意味。也可以用「んだもの」。中文意思是：「因為…嘛、誰叫…」。

例文A

「まだ起きてるの。」「明日テストなんだもん。」

「還沒睡？」「明天要考試嘛。」

比較

● もの、もん
因為…嘛

接續方法 {[名詞・形容動詞詞幹]んだ；[形容詞・動詞]普通形んだ}＋もの、もん

意思

【説明理由】助詞「もの」、「もん」接在句尾，多用在會話中，年輕女性或小孩子較常使用。「もの」主要為年輕女性或小孩使用，「もん」則男女都會使用。跟「だって」一起使用時，就有撒嬌的語感。

例文a

花火を見に行きたいわ。だってとってもきれいだもの。

我想去看煙火，因為很美嘛！

◆ 比較説明 ◆

「んだもん」表理由，有種幼稚、任性、撒嬌的語氣；「もん」表説明理由，來自「もの」，接在句尾，表示説話人因堅持自己的正當性，而説明個人的理由，為自己進行辯解。「もん」，比「もの」更口語。

んだもん【理由】

例文A

もの【説明理由】

例文a

わけだ
(1)也就是說…；(2)當然…、 難怪…

接續方法 {形容動詞詞幹な；[形容詞・動詞] 普通形}＋わけだ

意思1

【換個說法】 表示兩個事態是相同的，只是換個說法而論。中文意思是：「也就是説…」。

例文A

卒業_{そつぎょう}したら帰国_{きこく}するの。じゃ、来年帰_{らいねんかえ}るわけね。

畢業以後就要回國了？那就是明年要回去囉。

意思2

【結論】 表示按事物的發展，事實、狀況合乎邏輯地必然導致這樣的結果。與側重於説話人想法的「はずだ」相比較，「わけだ」傾向於由道理、邏輯所導出結論。中文意思是：「當然…、難怪…」。

例文B

美術大学_{びじゅつだいがく}の出身_{しゅっしん}なのか。絵_えが得意_{とくい}なわけだ。

原來你是美術大學畢業的啊！難怪這麼會畫圖。

● にちがいない

一定是…、准是…

接續方法 {名詞；形容動詞詞幹；[形容詞・動詞] 普通形}＋に違いない

意　思

【肯定推測】表示説話人根據經驗或直覺，做出非常肯定的判斷，相當於「きっと～だ」。

例文 b

この写真は、ハワイで撮影されたに違いない。

這張照片，肯定是在夏威夷拍的。

◆ 比較說明 ◆

「わけだ」表結論，表示説話者本來覺得很不可思議，但知道事物背後的原因後便能理解認同。「にちがいない」表肯定推測，表示説話者的推測，語氣十分確信肯定。

わけだ【結論】
例文 B

にちがいない【肯定推測】
例文 b

🎧 Track 021

12 ところだった

（差一點兒）就要…了、險些…了；差一點就…可是…

接續方法 {動詞辭書形}＋ところだった

意思1

【結果】表示差一點就造成某種後果，或達到某種程度，含有慶幸沒有造成那一後果的語氣，是對已發生的事情的回憶或回想。中文

意思是：「（差一點兒）就要…了、險些…了」。

例文A

電車があと1本遅かったら、飛行機に乗り遅れるところ
だった。

萬一搭晚了一班電車，就趕不上飛機了。

補　充

〔懊悔〕「ところだったのに」表示差一點就可以達到某程度，可
是沒能達到，而感到懊悔。中文意思是：「差一點就…可是…」。

例　文

今帰るところだったのに、部長に捕まって飲みに行く
ことになった。

我正要回去，卻被經理抓去喝酒了。

比較

● ところだ
　　剛要…、正要…

接續方法 {動詞辭書形}＋ところだ

意　思

【將要】表示將要進行某動作，也就是動作、變化處於開始之前的
階段。

例文 a

これから、校長先生が話をするところです。

接下來是校長致詞時間。

◆ 比較說明 ◆

「ところだった」表結果，表示驚險的事態，只差一點就要發生不
好的事情；「ところだ」表將要，表示主語即將採取某種行動，或
是即將發生某個事情。

ところだった【結果】

例文 A

ところだ【將要】

例文 a

MEMO

実力テスト

做對了，往 😊 走，做錯了往 ✕ 走。

次の文の＿＿＿＿にはどんな言葉を入れたらよいか。1・2から最も適当なものをひとつ選びなさい。

實力測驗

Q 哪一個是正確的？

1 今年の冬は、暖かかった（　　）過ごしやすかった。

1. おかげで　　2. によって

 譯
1. おかげで：多虧
2. によって：根據

2 年の（　　）最近忘れっぽい。

1. おかげで　　2. せいか

 譯
1. おかげで：多虧
2. せいか：可能是（因為）

3 この商品はセット販売（　　）、一つではお売りできません。

1. につき　　　2. により

 譯
1. につき：由於
2. により：因為

4 その村は、主に漁業（　　）生活しています。

1. に基づいて　2. によって

 譯
1. に基づいて：根據
2. によって：以

5 昨日お酒を飲みすぎた（　　）、頭が痛い。

1. ものだから　2. おかげで

 譯
1. ものだから：就是因為
2. おかげで：多虧

6 道が混んでいた（　　）、遅れてしまいました。

1. もので　　　2. おかげで

 譯
1. もので：因為
2. おかげで：託…之福

答案：（1）1（2）2（3）1
（4）2（5）1（6）1

Chapter

3

★★★★★

推量、判斷、可能性

1 にきまっている
2 にちがいない
3 (の) ではないだろうか、(の) ではないかとおもう
4 みたい (だ)、みたいな
5 おそれがある

6 ないことも (は) ない
7 っけ
8 わけが (は) ない
9 わけでは (も) ない
10 んじゃない、んじゃないかとおもう

🎧 **Track 022**

1 にきまっている
肯定是…、一定是…

接續方法 {名詞;[形容詞・動詞] 普通形}＋に決まっている

意思1

【自信推測】表示説話人根據事物的規律,覺得一定是這樣,不會例外,沒有模稜兩可,是種充滿自信的推測,語氣比「きっと〜だ」還要有自信。中文意思是:「肯定是…、一定是…」。

例文A

こんなに頑張ったんだから、合格に決まってるよ。

都已經那麼努力了,肯定考得上的!

補充

〖斷定〗表示説話人根據社會常識,認為理所當然的事。

例文

子供は外で元気に遊んだほうがいいに決まっている。

不用説,小孩子自然是在外面活潑玩耍才好。

比較

● わけがない、わけはない
不會…、不可能…

接續方法 {形容動詞詞幹な;[形容詞・動詞] 普通形}＋わけがない、わけはない

【強烈主張】表示從道理上而言，強烈地主張不可能或沒有理由成立，相當於「はずがない」。

例文 a

人形が独りでに動くわけがない。

洋娃娃不可能自己會動。

◆ 比較說明 ◆

「にきまっている」表自信推測，表示說話者很有把握的推測，覺得事情一定是如此；「わけがない」表強烈主張，表示沒有某種可能性，是很強烈的否定。

🎧 Track 023

2　にちがいない
一定是…、准是…

接續方法 {名詞；形容動詞詞幹；[形容詞・動詞]普通形}＋に違いない

意思1

【肯定推測】表示說話人根據經驗或直覺，做出非常肯定的判斷，相當於「きっと～だ」。中文意思是：「一定是…、准是…」。

例文A

その子は目が真っ赤だった。ずっと泣いていたに違いない。

那女孩的眼睛紅通通的，一定哭了很久。

● より (ほか) ない、ほか (しかたが) ない

只有…、除了…之外沒有…

接續方法 {名詞;動詞辭書形}＋より (ほか) ない;{動詞辭書形}＋ほか (しかたが) ない

意　思

【讓步】後面伴隨著否定,表示這是唯一解決問題的辦法,相當於「ほかない」、「ほかはない」,另外還有「よりほかにない」、「よりほかはない」的説法。

例文 a

もう時間がない。こうなったら一生懸命やるよりほかない。

時間已經來不及了,事到如今,只能拚命去做了

◆ 比較說明 ◆

「にちがいない」表肯定推測,表示説話人根據經驗或直覺,做出非常肯定的判斷;「よりしかたがない」表讓步,表示沒有其他的辦法了,只能採取前項行為。含有無奈的情緒。

3 （の）ではないだろうか、（の）ではないかとおもう

(1)是不是…啊、不就…嗎；(2)我想…吧

接續方法 {名詞；[形容詞・動詞]普通形}＋（の）ではないだろうか、（の）ではないかと思う

意思 1

【推測】表示推測或委婉地建議。是對某事是否會發生的一種推測，有一定的肯定意味。中文意思是：「是不是…啊、不就…嗎」。

例文 A

信じられないな。彼の話は全部嘘ではないだろうか。

真不敢相信！他說的是不是統統都是謊言啊？

意思 2

【判斷】「（の）ではないかと思う」是「ではないか＋思う」的形式。表示説話人對某事物的判斷，含有徵詢對方同意自己的判斷的語意。中文意思是：「我想…吧」。

例文 B

君のしていることは全て無駄ではないかと思う。

我懷疑你所做的一切都是白費的。

比較

● っけ

是不是…來著、是不是…呢

接續方法 {名詞だ（った）；形容動詞詞幹だ（った）；[動詞・形容詞]た形}＋っけ

意思

【確認】用在想確認自己記不清，或已經忘掉的事物時。「っけ」是終助詞，接在句尾。也可以用在一個人自言自語，自我確認的時候。當對象為長輩或是身分地位比自己高時，不會使用這個句型。

例文 b

ところで、あなたは誰だっけ。

話說回來，請問你哪位來著？

◆ 比較說明 ◆

「（の）ではないだろうか」表判斷，利用反詰語氣帶出說話者的想法、主張；「っけ」表確認，用在想確認自己記不清，或已經忘掉的事物時。接在句尾。

🎧 Track 025

---

4 みたい（だ）、みたいな
(1)像…一樣的；(2)想要嘗試…；(3)好像…

意思1

【比喻】針對後項像什麼樣的東西，進行舉例並加以說明。後接名詞時，要用「みたいな＋名詞」。中文意思是：「像…一樣的」。

例文A

生まれてきたのは、お人形みたいな女の子でした。

生下來的是個像洋娃娃一樣漂亮的女孩。

意思2

【嘗試】{動詞て形}＋てみたい。由表示試探行為或動作的「てみる」，再加上表示希望的「たい」而來。跟「みたい（だ）」的最大差別在於，此文法前面必須接「動詞て形」，且後面不能接「だ」，用於表示想嘗試某行為。中文意思是：「想要嘗試…」。

南の島へ行ってみたい。

我好想去南方的島嶼。

【推測】{名詞；形容動詞詞幹；[動詞・形容詞]普通形}＋みたい（だ）、みたいな。表示説話人憑自己的觀察或感覺，做出不是很確定的推測或判斷。中文意思是：「好像…」。

君、具合が悪いみたいだけど、大丈夫。

你好像身體不舒服，要不要緊？

比較

● ようだ

好像…

接續方法 {名詞の；形容動詞詞幹な；[形容詞・動詞]普通形}＋ようだ

【推測】用在説話人從各種情況，來推測人或事物是後項的情況，通常是説話人主觀、根據不足的推測。

公務員になるのは、難しいようです。

要成為公務員好像很難。

◆ **比較説明** ◆

「みたいだ」表推測，表示説話人憑自己的觀察或感覺，而做出不是很確切的推斷；「ようだ」也表推測。説話人從自己的觀察、感覺，而推測出的結論，大多是根據眼前親眼目睹的直接信息。

公務員

🎧 Track 026

5 おそれがある
恐怕會…、有…危險

接續方法 {名詞の；形容動詞詞幹な；[形容詞・動詞] 辭書形}＋恐れがある

意思1

【推測】 表示擔心有發生某種消極事件的可能性，常用在新聞報導或天氣預報中，後項大多是不希望出現的內容。中文意思是：「恐怕會…、有…危險」。

例文A

とうほく ち ほう   こん や   おおゆき   おそ
東北地方は、今夜から大雪になる恐れがあります。

東北地區從今晚起恐將降下大雪。

補 充

〖**不利**〗通常此文法只限於用在不利的事件，相當於「心配がある」。

例 文

　　　　　　　　 ちい   　 こ ども 　 け が　　　　　　　 おそ
このおもちゃは小さな子供が怪我をする恐れがある。

這款玩具有可能造成兒童受傷。

比較

• かもしれない
也許…、可能…

接續方法 {名詞；形容動詞詞幹；[形容詞・動詞]普通形}＋かもしれない

意思

【推測】表示説話人説話當時的一種不確切的推測。推測某事物的正確性雖低，但是有可能的。肯定跟否定都可以用。跟「かもしれない」相比，「と思います」、「だろう」的説話者，對自己推測都有較大的把握。其順序是：と思います＞だろう＞かもしれない。

例文 a

風が強いですね、台風かもしれませんね。

風真大，也許是颱風吧！

◆ 比較說明 ◆

「おそれがある」表推測，表示説話人擔心有可能會發生不好的事情，常用在新聞或天氣預報等較為正式場合；「かもしれない」也表推測，表示説話人不確切的推測。推測內容的正確性雖然不高、極低，但是有可能發生。是可能性最低的一種推測。肯定跟否定都可以用。

おそれがある【推測】
例文 A

かもしれない【推測】
例文 a

🎧 Track 027

6 ないことも (は) ない
(1)應該不會不…；(2)並不是不…、不是不…

接續方法 {動詞否定形}＋ないことも (は) ない

意思1

【推測】後接表示確認的語氣時，為「應該不會不…」之意。

試験まC・だ３か月もありますよ。あなたならできな
いことはないでしょう。

距離考試還有整整三個月呢。憑你的實力，總不至於考不上吧。

意思 2

【消極肯定】使用雙重否定，表示雖然不是全面肯定，但也有那
樣的可能性，是種有所保留的消極肯定說法，相當於「することは
する」。中文意思是：「並不是不…、不是不…」。

例文 B

３万円くらい払えないことはないけど、払いたくな
いな。

我不是付不起區區三萬圓，而是不願意付啊。

比較

● っこない

不可能…、決不…

接續方法 {動詞ます形}＋っこない

意 思

【可能性】表示強烈否定，某事發生的可能性。一般用於口語，用
在關係比較親近的人之間。

例文 b

こんな長い文章、すぐには暗記できっこないです。

這麼長的文章，根本沒辦法馬上背起來呀！

◆ 比較說明 ◆

「ないことも（は）ない」表消極肯定，利用雙重否定來表達有採取
某種行為的可能性（是程度極低的可能性）；「っこない」表可能性，
是說話人的判斷。表示強烈否定某事發生的可能性。大多使用可能
的表現方式。

🎧 Track 028

7　つけ
是不是…來著、是不是…呢

接續方法 {名詞だ（った）；形容動詞詞幹だ（った）；[動詞・形容詞] た形}＋つけ

意思1

【確認】用在想確認自己記不清，或已經忘掉的事物時。「つけ」是終助詞，接在句尾。也可以用在一個人自言自語，自我確認的時候。當對象為長輩或是身分地位比自己高時，不會使用這個句型。中文意思是：「是不是…來著、是不是…呢」。

例文A

この公園って、こんなに広かったっけ。

這座公園，以前就這麼大嗎？

比較

● って
聽說…、據說…

接續方法 {名詞（んだ）；形容動詞詞幹な（んだ）；[形容詞・動詞] 普通形（んだ）}＋って

意思

【傳聞】也可以跟表說明的「んだ」搭配成「んだって」，表示從別人那裡聽說了某信息。

高田君、森村さんに告白したんだって。

聽說高田同學向森村同學告白了喔。

◆ 比較說明 ◆

「っけ」表確認，用在說話者印象模糊、記憶不清時進行確認，或是自言自語時；「って」表傳聞，表示消息的引用。

っけ【確認】

例文 A

って【傳聞】

例文 a

🎧 Track 029

8 わけが (は) ない

不會…、不可能…

接續方法 {形容動詞詞幹な；[形容詞・動詞] 普通形}＋わけが (は) ない

意思1

【強烈主張】表示從道理上而言，強烈地主張不可能或沒有理由成立，用於全面否定某種可能性。相當於「はずがない」。中文意思是：「不會…、不可能…」。

例文A

私がクリスマスの夜に暇なわけがないでしょう。

耶誕夜我怎麼可能有空呢？

補 充

〖口語〗口語常會說成「わけない」。

これだけ練習^{れんしゅう}したのだから、失敗^{しっぱい}するわけない。

畢竟已經練習這麼久了，絕不可能失敗。

比較

● もの、もん

因為…嘛

接續方法 {[名詞・形容動詞詞幹]んだ；[形容詞・動詞]普通形んだ}＋
もの、もん

意 思

【強烈主張】 表示説話人很堅持自己的正當性，而對理由進行辯解。

例文 a

おしゃれをすると、何^{なん}だか心^{こころ}がウキウキする。やっぱり、
女^{おんな}ですもの。

精心打扮時總覺得心情特別雀躍，畢竟是女人嘛。

◆ 比較說明 ◆

「わけが（は）ない」表強烈主張，是説話人主觀、強烈的否定。説
話人根據充分、確定的理由，得出後項沒有某種可能性的結論；「も
の」也表強烈主張，表示強烈的主張。用在説話人，説明個人理由，
針對自己的行為進行辯解。

9 わけでは（も）ない
並不是…、並非…

接續方法 {形容動詞詞幹な；[形容詞・動詞] 普通形}＋わけでは（も）ない

意思1

【部分否定】表示不能簡單地對現在的狀況下某種結論，也有其它情況。常表示部分否定或委婉的否定。中文意思是：「並不是…、並非…」。

例文A

これは誰にでもできる仕事だが、誰でもいいわけでもない。

這雖是任何人都會做的工作，但不是每一個人都能做得好。

比較

● ないこともない、ないことはない
並不是不…、不是不…

接續方法 {動詞否定形}＋ないこともない、ないことはない

意思

【消極肯定】使用雙重否定，表示雖然不是全面肯定，但也有那樣的可能性，是種有所保留的消極肯定說法，相當於「することはする」。

例文a

彼女は病気がちだが、出かけられないこともない。

她雖然多病，但並不是不能出門的。

◆ 比較說明 ◆

「わけでは（も）ない」表部分否定，表示依照狀況看來不能百分之百地導出前項的結果，有其他可能性或是例外，是一種委婉、部分的否定用法；「ないこともない」表消極肯定，利用雙重否定來表達有採取某種行為、發生某種事態的程度低的可能性。

🎧 Track 031

10 んじゃない、んじゃないかとおもう
不…嗎、莫非是…

接續方法 {名詞な；形容動詞詞幹な；[形容詞・動詞] 普通形}＋んじゃない、んじゃないかと思う

意思 1

【主張】是「のではないだろうか」的口語形。表示意見跟主張。中文意思是：「不…嗎、莫非是…」。

例文 A

本当にダイヤなの。プラスチックなんじゃない。
<rt>ほんとう</rt>

是真鑽嗎？我看是壓克力鑽吧？

比較

● にちがいない
一定是…、准是…

接續方法 {名詞；形容動詞詞幹；[形容詞・動詞] 普通形}＋に違いない

意思

【肯定推測】表示説話人根據經驗或直覺，做出非常肯定的判斷，相當於「きっと〜だ」。

例文 a

あの店はいつも行列ができているから、おいしいに違いない。

那家店總是大排長龍，想必一定好吃。

◆ 比較說明 ◆

「んじゃない」表主張，表示說話者個人的想法、意見；「にちがいない」表肯定推測，表示說話者憑藉著某種依據，十分確信，做出肯定的判斷，語氣強烈。

MEMO

次の文の＿＿＿＿にはどんな言葉を入れたらよいか。1・2から最も適当なものをひとつ選びなさい。

實力測驗
Q 哪一個是正確的？

1 台風のため、午後から高潮（　　）。
1. のおそれがあります
2. ないこともない

譯
1. のおそれがあります：有…的危險
2. ないこともない：並不是不

2 理由があるなら、外出を許可（　　）。
1. しないこともない
2. することはない

譯
1. しないこともない：也不是不
2. することはない：用不著

3 彼女は、わざと意地悪をしている（　　）。
1. よりしかたがない
2. に決まっている

譯
1. よりしかたがない：除了…之外沒有
2. に決まっている：一定是

4 このダイヤモンドは高い（　　）。
1. ほかない　　2. に違いない

譯
1. ほかない：只好
2. に違いない：肯定

5 もしかして、知らなかったのは私だけ（　　）。
1. ではないだろうか
2. ないこともない

譯
1. ではないだろうか：我認為不是…嗎
2. ないこともない：不是不

6 （靴を買う前に試しに履いてみて）ちょっと大きすぎる（　　）。
1. みたいだ　　　2. らしい

譯
1. みたいだ：好像
2. らしい：似乎

答案：（1）1 （2）1 （3）2
（4）2 （5）1 （6）1

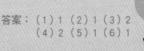

樣態、傾向

1 かけ (の)、かける
2 だらけ
3 み
4 っぽい
5 いっぽうだ
6 がちだ (の)

7 ぎみ
8 むきの (に、だ)
9 むけの (に、だ)

★★★★★

🎧 Track 032

かけ (の)、かける
(1)快…了；(2)對…；(3)做一半、剛…、開始…

接續方法 {動詞ます形}＋かけ (の)、かける

意思1

【狀態】前接「死ぬ (死亡)、入る (進入)、止まる (停止)、立つ (站起來)」等瞬間動詞時，表示面臨某事的當前狀態。中文意思是：「快…了」。

例文A

そ ふ　　へいたい　　い　　　　　　　　　　　　し
祖父は兵隊に行っていたとき死にかけたそうです。

聽說爺爺去當兵時差點死了。

意思2

【涉及對方】用「話しかける (攀談)、呼びかける (招呼)、笑いかける (面帶微笑)」等，表示向某人作某行為。中文意思是：「對…」。

例文B

ひとり　　　　　　わたし　　　　かのじょ　やさ　　　　はな
一人でいる私に、彼女が優しく話しかけてくれたんです。

看見孤伶伶的我，她親切地過來攀談。

意思3

【中途】表示動作、行為已經開始，正在進行途中，但還沒有結束，相當於「～している途中」。中文意思是：「做一半、剛…、開始…」。

例文 C

昨夜は論文を読みかけて、そのまま眠ってしまった。

昨晚讀著論文，就這樣睡著了。

比較

● だす

…起來、開始…

接續方法 {動詞ます形}＋だす

意 思

【起點】 表示某動作、狀態的開始。

例文 c

結婚しない人が増え出した。

不結婚的人多起來了。

◆ 比較說明 ◆

「かける」表中途，表示做某個動作做到一半；「だす」表起點，表示短時間內某動作、狀態，突然開始，或出現某事。

かける【中途】 例文 c

だす【起點】 例文 c

🎧 Track 033

2　だらけ

全是…、滿是…、到處是…

接續方法 {名詞}＋だらけ

【狀態】表示數量過多，到處都是的樣子，不同於「まみれ」，「だらけ」前接的名詞種類較多，特別像是「泥だらけ（滿身泥巴）、傷だらけ（渾身傷）、血だらけ（渾身血）」等，相當於「がいっぱい」。中文意思是：「全是…、滿是…、到處是…」。

例文A

男_{おとこ}の子_こは泥_{どろ}だらけの顔_{かお}で、にっこりと笑_{わら}った。

男孩頂著一張沾滿泥巴的臉蛋，咧嘴笑了。

補充1

〖貶意〗常伴有「不好」、「骯髒」等貶意，是説話人給予負面的評價。

例　文

この文章_{ぶんしょう}は間違_{まちが}いだらけだ。

這篇文章錯誤百出！

補充2

〖不滿〗前接的名詞也不一定有負面意涵，但通常仍表示對説話人而言有諸多不滿。

例　文

僕_{ぼく}の部屋_{へや}は女_{おんな}の子_こたちからのプレゼントだらけで、寝_ねる場所_{ばしょ}もないよ。

我的房間塞滿了女孩送的禮物，連睡覺的地方都沒有哦！

比較

● ばかり

總是…、老是…

接續方法 {動詞て形}＋ばかり

意　思

【重複】表示説話人對不斷重複一樣的事，或一直都是同樣的狀態，有負面的評價。

例文 a

お父さんはお酒を飲んでばかりいます。

爸爸老是在喝酒。

◆ 比較說明 ◆

「だらけ」表狀態，表示數量很多、雜亂無章到處都是，多半用在
負面的事物上；「ばかり」表重複，表示說話人不滿某行為、狀態，
不斷重複或頻繁地進行著。

だらけ【狀態】　　　　　例文A

ばかり【重複】　　　　　例文a

🎧 Track 034

3 み
帶有…、…感

接續方法 {[形容詞・形容動詞] 詞幹}＋み

意思1

【狀態】「み」是接尾詞，前接形容詞或形容動詞詞幹，表示該形容
詞的這種狀態、性質，或在某種程度上感覺到這種狀態、性質。是
形容詞跟形容動詞轉為名詞的用法。中文意思是：「帶有…、…感」。

例文A

本当にやる気があるのか。君は真剣みが足りないな。

真的有心要做嗎？總覺得你不夠認真啊。

● さ

…度、…之大

接續方法 {[形容詞・形容動詞] 詞幹}＋さ

意 思

【程度】接在形容詞、形容動詞的詞幹後面等構成名詞，表示程度或狀態。也接跟尺度有關的如「長さ（長度）、深さ（深度）、高さ（高度）」等，這時候一般是跟長度、形狀等大小有關的形容詞。

例文 a

きたぐに ふゆ きび おどろ
北国の冬の厳しさに驚きました。

北方地帶冬季的嚴寒令我大為震撼。

◆ 比較說明 ◆

「み」和「さ」都可以接在形容詞、形容動詞語幹後面，將形容詞或形容動詞給名詞化。兩者的差別在於「み」表狀態，表示帶有這種狀態，和感覺、情感有關，偏向主觀。「さ」表程度，是偏向客觀的，表示帶有這種性質，或表示程度，和事物本身的屬性有關。「重み」比「重さ」還更有說話者對於「重い」這種感覺而感嘆的語氣。

み【狀態】　例文 A

さ【程度】　例文 a

🎧 **Track 035**

4 っぽい

看起來好像…、感覺像…

接續方法 {名詞；動詞ます形}＋っぽい

【傾向】 接在名詞跟動詞連用形後面作形容詞，表示有這種感覺或有這種傾向。與語氣具肯定評價的「らしい」相比，「っぽい」較常帶有否定評價的意味。中文意思是：「看起來好像…、感覺像…」。

例文A

まだ中学生（ちゅうがくせい）なの。ずいぶん大人（おとな）っぽいね。

還是中學生哦？看起來挺成熟的嘛。

比較

むけの、むけに、むけだ

適合於…

接續方法 {名詞}＋向けの、向けに、向けだ

意思

【目標】 表示以前項為對象，而做後項的事物，也就是適合於某一個方面的意思。相當於「～を対象にして」。

例文 a

初心者（しょしんしゃ）向（む）けのパソコンは、たちまち売（う）り切（き）れてしまった。

針對電腦初學者的電腦，馬上就賣光了。

◆ 比較說明 ◆

「っぽい」表傾向，表示這種感覺或這種傾向很強烈；「むけの」表目標，表示某一事物性質，適合特定的某對象或族群。

っぽい【傾向】　例文A

むけの【目標】　例文a

売切

5 いっぽうだ
一直…、不斷地…、越來越…

接續方法 {動詞辭書形}＋一方だ

意思1

【傾向】表示某狀況一直朝著一個方向不斷發展，沒有停止，後接表示變化的動詞。中文意思是：「一直…、不斷地…、越來越…」。

例文A

夫の病状は悪くなる一方だ。

我先生的病情日趨惡化。

比較

● ば～ほど
越…越…

接續方法 {[形容詞・形容動詞・動詞]假定形}＋ば＋{同形容動詞詞幹な；[同形容詞・動詞]辭書形}＋ほど

意 思

【平行】同一單詞重複使用，表示隨著前項事物的變化，後項也隨之相應地發生變化。

例文a

話せば話すほど、お互いを理解できる。

雙方越聊越能理解彼此。

◆ 比較說明 ◆

「いっぽうだ」表傾向，前接表示變化的動詞，表示某狀態、傾向一直朝著一個方向不斷進展，沒有停止。可以用在不利的事態，也可以用在好的事態；「ば～ほど」表平行，表示隨著前項程度的增強，後項的程度也會跟著增強。有某種傾向同比增強之意。

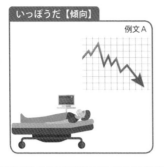

いっぽうだ【傾向】

例文A

ば～ほど【平行】

例文a

6 がちだ（の）
經常，總是；容易…、往往會…、比較多

接續方法 {名詞；動詞ます形}＋がちだ（の）

意思1

【傾向】表示即使是無意的，也不由自主地出現某種傾向，或是常會這樣做，一般多用在消極、負面評價的動作，相當於「～の傾向がある」。中文意思是：「(前接名詞)經常，總是；(前接動詞ます形)容易…、往往會…、比較多」。

例文A

外食（がいしょく）が多（おお）いので、どうしても野菜（やさい）が不足（ふそく）がちになる。

由於經常外食，容易導致蔬菜攝取量不足。

補充

〖慣用表現〗常用於「遠慮がち（客氣）」等慣用表現。

例文

お婆（ばあ）さんは、若者（わかもの）にお礼（れい）を言（い）うと、遠慮（えんりょ）がちに席（せき）に座（すわ）った。

老婆婆向年輕人道謝後，不太好意思地坐了下來。

● ぎみ

有點…、稍微…、…趨勢

接續方法 {名詞；動詞ます形}＋気味

意思

【傾向】 表示身心、情況等有這種樣子，有這種傾向，用在主觀的判斷。多用在消極或不好的場合相當於「～の傾向がある」。

例文 a

ちょっと風邪気味で、熱がある。

有點感冒，發了燒。

◆ 比較說明 ◆

「がちだ」表傾向，表示經常出現某種負面傾向，強調發生多次；「ぎみ」也表傾向，則是用來表示說話人在身心上，感覺稍微有這樣的傾向，強調稍微有這樣的感覺。

がちだ【傾向】
例文A

ぎみ【傾向】
例文a
37.5℃

🎧 Track 038

7 ぎみ

有點…、稍微…、…趨勢

接續方法 {名詞；動詞ます形}＋気味

意思1

【傾向】 表示身心、情況等有這種樣子，有這種傾向，用在主觀的判斷。一般指程度雖輕，但有點…的傾向。只強調現在的狀況。多

用在消極或不好的場合相當於「～の傾向がある」。中文意思是：「有點…、稍微…、…趨勢」。

例文A

昨夜から風邪ぎみで、頭が痛い。

昨晚開始出現感冒徵兆，頭好痛。

比較

● っぽい

看起來好像…、感覺像…

接續方法 {名詞；動詞ます形}＋っぽい

意思

【傾向】接在名詞跟動詞連用形後面作形容詞，表示有這種感覺或有這種傾向。與語氣具肯定評價的「らしい」相比，「っぽい」較常帶有否定評價的意味。

例文a

あの黒っぽいスーツを着ているのが村山さんです。

穿著深色套裝的那個人是村山先生。

◆ 比較說明 ◆

「ぎみ」表傾向，強調稍微有這樣的感覺；「っぽい」也表傾向，表示這種感覺或這種傾向很強烈。

ぎみ【傾向】

例文A

っぽい【傾向】

例文a

8 むきの (に、だ)
(1)朝…；(2)合於…、適合…

接續方法 {名詞}＋向きの (に、だ)

意思1

【方向】接在方向及前後、左右等方位名詞之後，表示正面朝著那一方向。中文意思是：「朝…」。

例文A

この台の上に横向きに寝てください。

請在這座診療台上側躺。

補充

〔積極／消極〕「前向き／後ろ向き」原為表示方向的用法，但也常用於表示「積極／消極」、「朝符合理想的方向／朝理想反方向」之意。

例文

彼女は、負けても負けても、いつも前向きだ。

她不管失敗了多少次，仍然奮勇向前。

意思2

【適合】表示前項所提及的事物，其性質對後項而言，剛好適合。兩者一般是偶然合適，不是人為使其合適的。如果是有意圖使其合適一般用「むけ」。相當於「〜に適している」。中文意思是：「合於…、適合…」。

例文B

「初心者向きのパソコンはありますか。」「こちらでしたら操作が簡単ですよ。」

「請問有適合初學者使用的電腦嗎？」「這款機型操作起來很簡單喔！」

● むけの、むけに、むけだ
適合於…

接續方法 {名詞}＋向けの、向けに、向けだ

意思

【目標】 表示以前項為對象，而做後項的事物，也就是適合於某一個方面的意思。相當於「～を対象にして」。

例文 b

この工場では、主に輸出向けの商品を作っている。

這座工廠主要製造外銷商品。

◆ 比較說明 ◆

「むきの」表適合，表示後項對前項的人事物來說是適合的；「むけの」表目標，表示限定對象或族群。

🎧 Track 040

---

9 **むけの (に、だ)**
適合於…

接續方法 {名詞}＋向けの (に、だ)

意思1

【適合】 表示以前項為特定對象目標，而有意圖地做後項的事物，也就是人為使之適合於某一個方面的意思。相當於「～を対象にして」。中文意思是：「適合於…」。

こちらは輸出向けに生産された左ハンドルの車です。

這一款是專為外銷訂單製造的左駕車。

● のに

用於⋯、為了⋯

接續方法 {動詞辭書形}＋のに；{名詞}＋に

意 思

【目的】是表示將前項詞組名詞化的「の」，加上助詞「に」而來的。表示目的、用途。

これはレモンを搾るのに便利です。

用這個來榨檸檬汁很方便。

◆ 比較說明 ◆

「むけの」表適合，表示限定對象或族群，表示為了適合前項，而特別製作後項；「のに」表目的，表示為了達到目的、用途、有效性，所必須的條件。後項常接「使う、役立つ、かかる、利用する、必要だ」等詞。

むけの【適合】　例文 A

のに【目的】　例文 a

4 実力テスト
做對了，往 😊 走，做錯了往 ✖ 走。

次の文の＿＿＿にはどんな言葉を入れたらよいか。1・2から最も適当なものをひとつ選びなさい。

實力測驗
Q 哪一個是正確的？

1
それは編み（　）マフラーです。
1. だす　　2. かけの

譯
1. だす：…起來
2. かけの：正…

2
私（わたし）の母（はは）はいつも病気（びょうき）（　）です。
1. がち　　2. ぎみ

譯
1. がち：容易
2. ぎみ：有點

3
どうも学生（がくせい）の学力（がくりょく）が下（さ）がり（　）です。
1. ぎみ　　2. っぽい

譯
1. ぎみ：有點
2. っぽい：感覺像

4
子供（こども）は泥（どろ）（　）になるまで遊（あそ）んでいた。
1. だらけ　　2. ばかり

譯
1. だらけ：滿是
2. ばかり：淨是

5
（　）と太（ふと）りますよ。
1. 寝（ね）てばかりいる
2. 寝（ね）る一方（いっぽう）だ

譯
1. 寝てばかりいる：老是睡覺
2. 寝る一方だ：只顧睡覺

6
あの人（ひと）は忘（わす）れ（　）困（こま）る。
1. らしくて　　2. っぽくて

譯
1. らしくて：像…樣子
2. っぽくて：感覺像

7
この仕事（しごと）は明（あか）るくて社交的（しゃこうてき）な人（ひと）（　）です。
1. 向（む）き　　2. 向（む）け

譯
1. 向き：適合
2. 向け：針對

8
これは、子供（こども）（　）に書（か）かれた絵本（えほん）です。
1. 向（む）け　　2. ぎみ

譯
1. 向け：針對
2. ぎみ：有點

答案：（1）2 （2）1 （3）1
（4）1 （5）1 （6）2
（7）1 （8）1

程度

1 くらい（ぐらい）～はない、ほど～はない
2 ば～ほど
3 ほど
4 くらい（だ）、ぐらい（だ）
5 さえ、でさえ、とさえ

★★★★★

🎧 Track 041

1 くらい（ぐらい）～はない、ほど～はない

沒什麼是…、沒有…像…一樣、沒有…比…的了

接續方法 {名詞}＋くらい（ぐらい）＋{名詞}＋はない、{名詞}＋ほど＋{名詞}＋はない

意思1

【程度－最上級】表示前項程度極高，別的東西都比不上，是「最…」的事物。中文意思是：「沒什麼是…、沒有…像…一樣、沒有…比…的了」。

例文A

彼女と過ごす休日ほど幸せな時間はない。

再沒有比和女友共度的假日更幸福的時光了。

補 充

〖特定個人→いない〗當前項主語是特定的個人時，後項不會使用「ない」，而是用「いない」。

例 文

陳さんほど真面目に勉強する学生はいません。

再也找不到比陳同學更認真學習的學生了。

比較

● より～ほうが

…比…、比起…，更…

意　思

【比較】 表示對兩件事物進行比較後，選擇後者。「ほう」是方面之意，在對兩件事物進行比較後，選擇了「こっちのほう」(這一方) 的意思。被選上的用「が」表示。

例文 a

<ruby>勉強<rt>べんきょう</rt></ruby>より<ruby>遊<rt>あそ</rt></ruby>びのほうが<ruby>楽<rt>たの</rt></ruby>しいです。

玩耍比讀書愉快。

◆ 比較說明 ◆

「くらい～はない」表程度－最上級，表示程度比不上「ほど」前面的事物；「より～ほうが」表比較，表示兩者經過比較，選擇後項。

くらい～はない【程度－最上級】

例文 A

より～ほうが【比較】

例文 a

🎧 **Track 042**

2 ば～ほど

越…越…；如果…更…

接續方法 {[形容詞‧形容動詞‧動詞] 假定形}＋ば＋{同形容動詞詞幹な；[同形容詞‧動詞] 辭書形}＋ほど

意思1

【程度】 同一單詞重複使用，表示隨著前項事物的變化，後項也隨之相應地發生程度上的變化。中文意思是：「越…越…」。

考えれば考えるほど分からなくなる。

越想越不懂。

〖省略ば〗接形容動詞時，用「形容動詞＋なら（ば）～ほど」，其中「ば」可省略。中文意思是：「如果…更…」。

パスワードは複雑なら複雑なほどいいです。

密碼越複雜越安全。

比較

● につれ（て）

　　伴隨…、隨著…、越…越…

接續方法 ｛名詞；動詞辭書形｝＋につれ（て）

意　思

【平行】表示隨著前項的進展，同時後項也隨之發生相應的進展，相當於「にしたがって」。

例文a

一緒に活動するにつれて、みんな仲良くなりました。

隨著共同參與活動，大家感情變得很融洽。

◆ 比較說明 ◆

「ば～ほど」表程度，表示前項一改變，後項程度也會跟著改變；「につれて」表平行，表示後項隨著前項一起發生變化，這個變化是自然的、長期的、持續的。

ば～ほど【程度】 例文A

につれて【平行】 例文a

3 ほど
(1)…得、…得令人；(2)越…越…

接續方法 {名詞；形容動詞詞幹な；[形容詞・動詞]辭書形}＋ほど

意思1

【程度】用在比喻或舉出具體的例子，來表示動作或狀態處於某種程度，一般用在具體表達程度的時候。中文意思是：「…得、…得令人」。

例文A

今日は死ぬほど疲れた。
きょう　　し　　　　　　　　つか

今天累得快死翹翹了。

意思2

【平行】表示後項隨著前項的變化，而產生變化。中文意思是：「越…越…」。

例文B

ワインは時間が経つほどおいしくなるそうだ。
　　　　じかん　た

聽說紅酒放得越久越香醇。

● につれ（て）

伴隨…、隨著…、越…越…

接續方法 {名詞；動詞辭書形}＋につれ（て）

意思

【平行】表示隨著前項的進展，同時後項也隨之發生相應的進展，相當於「にしたがって」。

例文 b

時代の変化につれ、少人数の家族が増えてきた。

隨著時代的變化，小家庭愈來愈多了。

◆ 比較說明 ◆

「ほど」表平行，表示後項隨著前項程度的提高而提高；「につれて」也表平行。前後接表示變化的詞，說明隨著前項程度的變化，以這個為理由，後項的程度也隨之發生相應的變化。後項不用說話人的意志或指使他人做某事的句子。

🎧 Track 044

4 くらい（だ）、ぐらい（だ）

(1)這麼一點點；(2)幾乎…、簡直…、甚至…

接續方法 {名詞；形容動詞詞幹な；[形容詞・動詞] 普通形}＋くらい（だ）、ぐらい（だ）

意思 1

【蔑視】說話者舉出微不足道的事例，表示要達成此事易如反掌。中文意思是：「這麼一點點」。

自分の部屋ぐらい、自分で掃除しなさい。

自己的房間好歹自己打掃！

意思2

【程度】用在為了進一步説明前句的動作或狀態的極端程度，舉出具體事例來，相當於「ほど」。中文意思是：「幾乎…、簡直…、甚至…」。

例文B

もう時間に間に合わないと分かったときは、泣きたいくらいでした。

當發現已經趕不及時，差點哭出來了。

比較

● ほど

…得、…得令人

接續方法 {名詞；形容動詞詞幹な；[形容詞・動詞]辭書形}＋ほど

意思

【程度】用在比喻或舉出具體的例子，來表示動作或狀態處於某種程度。

例文b

お腹が死ぬほど痛い。

肚子痛到好像要死掉了。

◆ 比較說明 ◆

「くらい（だ）」表程度，表示最低的程度。用在為了進一步説明前句的動作或狀態的程度，舉出具體事例來；「ほど」也表程度，表示最高程度。表示動作或狀態處於某種程度。

5 さえ、でさえ、とさえ
(1)連…、甚至…；(2)就連…也…

接續方法 {名詞＋(助詞)}＋さえ、でさえ、とさえ；{疑問詞…}＋か
さえ；{動詞意向形}＋とさえ

意思1

【舉例】表示舉出一個程度低的、極端的例子都不能了，其他更不
必提，含有吃驚的心情，後項多為否定的內容。相當於「すら、で
も、も」。中文意思是：「連…、甚至…」。

例文A

そんなことは小学生でさえ知っている。

那種事連小學生都曉得。

意思2

【程度】表示比目前狀況更加嚴重的程度。中文意思是：「就連…
也…」。

例文B

1年前は、彼女は漢字だけでなく、「あいうえお」さえ
書けなかった。

她一年前不僅是漢字，就連「あいうえお」都不會寫。

● まで

甚至連…都…

接續方法 {名詞}＋まで

意　思

【程度】表示不必説一般能想到的範圍，甚至已經涉及到一般沒想到的範圍。含有説話人認為已經擴大到極端程度的語氣。

例文 b

親友（しんゆう）のあなたまでそんなことを言（い）うなんて、本当（ほんとう）にショックだ。

就連最親近的你都那麼說，真是晴天霹靂。

◆ 比較説明 ◆

「さえ」表程度，表示比目前狀況更加嚴重的程度；「まで」也表程度，表示程度逐漸升高，而説話人對這種程度感到驚訝、錯愕。

次の文の＿＿＿にはどんな言葉を入れたらよいか。1・2から最も適当なものをひとつ選びなさい。

實力測驗

Q 哪一個是正確的？

1

それ（　　）、できるよ。

1．ぐらい　　　2．ほど

2 宝石は、高価であればある（　　）、買いたくなる。

1．ほど　　　2．につれて

譯

1．ぐらい：那麼簡單的事
2．ほど：…得令人

譯

1．ほど：越…越…
2．につれて：隨著

3

お腹が死ぬ（　　）痛い。

1．わりに　　　2．ほど

4 大きい船は、小さい船（　　）揺れ（　　）。

1．ほど…ない　2．より…ほうだ

譯

1．わりに：與…不符
2．ほど：…得令人

譯

1．ほど…ない：不像…那麼
2．より…ほうだ：與…相比，…更…

5

勉強する（　　）疑問が出てくる。

1．ほど　　　2．にくわえて

6 こんな字は初めて見ました。何語の字か（　　）分かりません。

1．ばかりか　　　2．さえ

譯

1．ほど：越…越…
2．にくわえて：而且…

譯

1．ばかりか：連…也…
2．さえ：連…、甚至…

答案：(1) 1 (2) 1 (3) 2
(4) 1 (5) 1 (6) 2

84

Chapter

6

★ ★ ★ ★ ★

状況の一致と変化

1 とおり（に）
2 どおり（に）
3 きる、きれる、きれない

4 にしたがって、にしたがい
5 につれ（て）
6 にともなって、にともない、にともなう

🎧 Track 046

1 とおり（に）
按照…、按照…那樣

接續方法 {名詞の；動詞辭書形；動詞た形}＋とおり（に）

意思1

【依據】表示按照前項的方式或要求，進行後項的行為、動作。中文意思是：「按照…、按照…那樣」。

例文A

どんなことも、自分で考えているとおりにはいかないものだ。

無論什麼事，都沒辦法順心如意。

比較

● によって（は）、により
根據…

接續方法 {名詞}＋によって（は）、により

意思

【依據】表示事態所依據的方法、方式、手段。

例文a

築年数、広さによって家賃が違う。

房租是根據屋齡新舊及坪數大小而有所差異。

「とおり（に）」表依據，表示依照前項學到的、看到的、聽到的或讀到的事物，內容原封不動地用動作或語言、文字表現出來；「によって（は）」也表依據。是依據某個基準的根據。也表示依據的方法、方式、手段。

🎧 Track 047

2 どおり（に）
按照、正如…那樣、像…那樣

接續方法 {名詞}＋どおり（に）

意思1

【依據】「どおり」是接尾詞。表示按照前項的方式或要求，進行後項的行為、動作。中文意思是：「按照、正如…那樣、像…那樣」。

例文A

お金は、約束どおりに払います。

按照之前談定的，來支付費用。

比較

● まま
就這樣…、依舊

接續方法 {名詞の；この／その／あの；形容詞普通形；形容動詞詞幹な；動詞た形；動詞否定形}＋まま

意 思

【樣子】表示原封不動，某種狀態沒有變化，一直持續的樣子。

久しぶりにおばさんに会ったが、昔と同じできれいな
ままだった。

好久沒見到阿姨，她還是和以前一樣美麗。

◆ 比較說明 ◆

「どおり（に）」表依據，表示遵循前項的指令或方法，來進行後項
的動作；「まま」表樣子，表示保持前項的狀態的原始樣子。也表
示前項原封不動的情況下，進行了後項的動作。

🎧 Track 048

3 きる、きれる、きれない
(1) 充分…、堅決…；(2) 中斷…；(3) …完、完全、到極限

接續方法 {動詞ます形}＋切る、切れる、切れない

意思1

【極其】表示擁有充分實現某行為或動作的自信，相當於「十分
に～する」。中文意思是：「充分…、堅決…」。

例文 A

引退を決めた吉田選手は「やり切りました。」と笑顔を
見せた。

決定退休的吉田運動員露出笑容說了句「功成身退」。

【切斷】原本有切斷的意思，後來衍生為使結束，甚至使斷念的意思。中文意思是：「中斷…」。

例文B

彼との関係を完全に断ち切る。

完全斷絕與他的關係。

意思3

【完了】表示行為、動作做到完結、徹底執行、堅持到最後，或是程度達到極限，相當於「終わりまで〜する」。中文意思是：「…完、完全、到極限」。

例文C

レストランを借り切って、パーティーを開いた。

包下整間餐廳，舉行了派對。

比較

● かけ (の)、かける

做一半、剛…、開始…

接續方法 {動詞ます形}＋かけ (の)、かける

意 思

【中途】表示動作，行為已經開始，正在進行途中，但還沒有結束，相當於「〜している途中」。

例文 c

今ちょうどデータの処理をやりかけたところです。

現在正在處理資料。

◆ 比較說明 ◆

「きる」表完了，表示徹底完成一個動作；「かける」表中途，表示做某個動作做到一半。

きる【完了】 例文 c

かける【中途】 例文 c

🎧 Track 049

4 にしたがって、にしたがい

(1)伴隨…、隨著…；(2)按照…

接續方法 {動詞辭書形}＋にしたがって、にしたがい

意思1

【附帶】表示隨著前項的動作或作用的變化，後項也跟著發生相應的變化。「にしたがって」前後都使用表示變化的說法。有強調因果關係的特徵。相當於「につれて、にともなって、に応じて、とともに」等。中文意思是：「伴隨…、隨著…」。

例文A

頂上に近づくにしたがって、気温が下がっていった。

越接近山頂，氣溫亦逐漸下降了。

意思2

【基準】也表示按照某規則、指示或命令去做的意思。中文意思是：「按照…」。

例文B

例にしたがって、書いてください。

請按照範例書寫。

● とともに

與…同時，也…

接續方法 {名詞；動詞辭書形}＋とともに

意 思

【同時】表示後項的動作或變化，跟著前項同時進行或發生，相當於「と一緒に」、「と同時に」。

例文 b

年を重ねるとともに、体力の衰えを感じるようになってきた。

隨著年紀增長，而感到體力的衰退。

◆ 比較說明 ◆

「にしたがって」表基準，表示後項隨著前項，相應地發生變化。也表示動作的基準、規範；「とともに」表同時，表示前項跟後項同時發生。也表示隨著前項的變化，後項也隨著發生變化。

にしたがって【基準】 例文B

とともに【同時】 例文b

🎧 **Track 050**

5 につれ（て）

伴隨…、隨著…、越…越…

接續方法 {名詞；動詞辭書形}＋につれ（て）

意思 1

【平行】表示隨著前項的進展，同時後項也隨之發生相應的進展，「につれ（て）」前後都使用表示變化的說法。相當於「にしたがって」。

中文意思是：「伴隨…、隨著…、越…越…」。

娘は成長するにつれて、妻にそっくりになっていった。

隨著女兒一天天長大，越來越像妻子了。

比較

● にしたがって、にしたがい

伴隨…、隨著…

接續方法 {動詞辭書形}＋にしたがって、にしたがい

意　思

【附帶】表示隨著前項的動作或作用的變化，後項也跟著發生相應
的變化。相當於「につれて」、「にともなって」、「に応じて」、「と
ともに」等。

例文a

おみこしが近づくにしたがって、賑やかになってきた。

隨著神轎的接近，變得熱鬧起來了。

◆ 比較說明 ◆

「につれ（て）」表平行，表示後項隨著前項一起發生變化，這個變
化是自然的、長期的、持續的；「にしたがって」表附帶，表示後項
隨著前項，相應地發生變化。也表示按照指示、規則、人的命令等
去做的意思。

につれ（て）【平行】

例文A

にしたがって【附帶】

例文a

6 にともなって、にともない、にともなう
伴隨著…、隨著…

接續方法 {名詞；動詞普通形}＋に伴って、に伴い、に伴う

意思1

【平行】表示隨著前項事物的變化而進展，相當於「とともに、につれて」。中文意思是：「伴隨著…、隨著…」。

例文A

インターネットの普及に伴って、誰でも簡単に情報を得られるようになった。

隨著網路的普及，任何人都能輕鬆獲得資訊了。

比較

● につれ（て）
伴隨…、隨著…、越…越…

接續方法 {名詞；動詞辭書形}＋につれ（て）

意思

【平行】表示隨著前項的進展，同時後項也隨之發生相應的進展，相當於「にしたがって」。

例文a

年齢が上がるにつれて、体力も低下していく。

隨著年齡增加，體力也逐漸變差。

◆ 比較說明 ◆

「にともなって」表平行，表示隨著前項的進行，後項也有所進展或產生變化；「につれて」也表平行，也表示後項隨著前項一起發生變化。

にともなって【平行】　例文 A

につれて【平行】　例文 a

MEMO

6 実力テスト

做對了，往 😊 走，做錯了往 ✕ 走。

次の文の＿＿＿＿にはどんな言葉を入れたらよいか。1・2から最も適当なものをひとつ選びなさい。

實力測驗

Q 哪一個是正確的？

1 言（い）われた（　　）、規則（きそく）を守（まも）ってください。
1. とおりに　　2. まま

譯
1. とおりに：按照
2. まま：…著

2 荷物（にもつ）を、指示（しじ）（　　）運搬（うんぱん）した。
1. をもとに　　2. どおりに

譯
1. をもとに：以…為根據
2. どおりに：按照

3 父（ちち）の転勤（てんきん）（　　）、転校（てんこう）することになった。
1. に伴（ともな）って　　2. にしたがって

譯
1. に伴（ともな）って：伴隨著
2. にしたがって：隨著

4 指示（しじ）（　　）行動（こうどう）する。
1. につれて　　2. にしたがって

譯
1. につれて：隨著
2. にしたがって：依照…

5 世（よ）の中（なか）の動（うご）き（　　）、考（かんが）え方（かた）を変（か）えなければならない。
1. に伴（ともな）って　　2. につれて

譯
1. に伴（ともな）って：伴隨著
2. につれて：隨著

6 夏生（なつう）まれの母（はは）は、暑（あつ）くなるに（　　）元気（げんき）になる。
1. ついて　　2. したがって

譯
1. ついて：關於
2. したがって：隨著

答案：（1）1 （2）2 （3）1
（4）2 （5）1 （6）2

立場、状況、関連

1 からいうと、からいえば、からいって
2 として(は)
3 にとって(は、も、の)
4 っぱなしで(だ、の)
5 において、においては、においても、における
6 たび(に)
7 にかんして(は)、にかんしても、にかんする
8 から〜にかけて
9 にわたって、にわたる、にわたり、にわたった

🎧 Track 052

1 からいうと、からいえば、からいって

従…來說、従…來看、就…而言

接續方法 {名詞}＋からいうと、からいえば、からいって

意思 1

【判斷立場】 表示判斷的依據及角度，指站在某一立場上來進行判斷。後項含有推量、判斷、提意見的語感。跟「からみると」不同的是「からいうと」不能直接接人物或組織名詞。中文意思是：「從…來說、從…來看、就…而言」。

例文 A

私の経験からいって、この裁判で勝つのは難しいだろう。

從我的經驗來看，要想打贏這場官司恐怕很難了。

補充

〔類義〕相當於「から考えると」。

比較

● からして

從…來看…

接續方法 {名詞}＋からして

意思

【根據】 表示判斷的依據。後面多是消極、不利的評價。

例文 a

あの態度からして、女房はもうその話を知っているようだな。

從那個態度來看，我老婆已經知道那件事了

◆ 比較說明 ◆

「からいうと」表判斷立場。站在前項的立場、角度來判斷的話，情況會如何。前面不能直接接人物；「からして」表根據，表示從一個因素（具體如實的特徵）去判斷整體。前面可以直接接人物。

2 として（は）
以…身份、作為…；如果是…的話、對…來說

接續方法 {名詞}＋として（は）

意思 1

【立場】「として」接在名詞後面，表示身份、地位、資格、立場、種類、名目、作用等。有格助詞作用。中文意思是：「以…身份、作為…；如果是…的話、對…來說」。

例文 A

私は、研究生としてこの大学で勉強しています。

我目前以研究生的身分在這所大學裡讀書。

● とすれば、としたら、とする

如果…、如果…的話、假如…的話

接續方法 {名詞だ；形容動詞詞幹だ；[形容詞・動詞]普通形}＋とすれば、としたら、とする

意　思

【假定條件】 在認清現況或得來的信息的前提條件下，據此條件進行判斷，相當於「～と仮定したら」。

例文 a

無人島（むじんとう）に一つ（ひと）だけ何か（なに）持って（も）いけるとする。何を（なに）持って（も）いくか。

假設你只能帶一件物品去無人島，你會帶什麼東西呢？

◆ 比較說明 ◆

「として（は）」表立場，表示判斷的立場、角度。是以某種身分、資格、地位來看，得出某個結果；「とすれば」表假定條件，表示前項如果成立，說話人就依照前項這個條件來進行判斷。

として（は）【立場】　例文 A

とすれば【假定條件】　例文 a

🎧 Track 054

3 にとって（は、も、の）

對於…來說

接續方法 {名詞}＋にとって（は、も、の）

【立場】表示站在前面接的那個詞的立場,來進行後面的判斷或評價,表示站在前接詞(人或組織)的立場或觀點上考慮的話,會有什麼樣的感受之意。相當於「～の立場から見て」。中文意思是:「對於…來說」。

例文A

コンピューターは現代人(げんだいじん)にとっての宝(たから)の箱(はこ)だ。

電腦相當於現代人的百寶箱。

比較

● **において、においては、においても、における**
在…、在…時候、在…方面

接續方法 {名詞}＋において、においては、においても、における

意 思

【場面・場合】表示動作或作用的時間、地點、範圍、狀況等。是書面語。口語一般用「で」表示。

例文a

職場(しょくば)においても、家庭(かてい)においても、完全(かんぜん)に男女平等(だんじょびょうどう)の国(くに)はありますか。

不論是在職場上或在家庭裡,有哪個國家已經達到男女完全平等的嗎?

◆ 比較說明 ◆

「にとっては」表立場,前面通常會接人或是團體、單位,表示站在前項人物等的立場來看某事物;「においては」表場面・場合,是書面用語,相當於「で」。表示事物(主要是抽象的事物或特別活動)發生的狀況、場面、地點、時間、領域等。

にとっては【立場】

例文A

においては【場面・場合】

例文a

男女平等

🎧 Track 055

4 っぱなしで (だ、の)
(1) 一直…、總是…；(2) …著

接續方法 {動詞ます形}＋っ放しで (だ、の)

意思1

【持續】 表示相同的事情或狀態，一直持續著。中文意思是：「一直…、總是…」。

例文A

今の仕事は朝から晩まで立ちっ放しで辛い。

目前的工作得從早到晚站一整天，好難受。

補 充

〖っ放しの N〗使用「っ放しの」時，後面要接名詞。

例 文

今日は社長に呼ばれて、叱られっ放しの1時間だった。

今天被總經理叫過去，整整痛罵了一個鐘頭。

意思2

【放任】「はなし」是「はなす」的名詞形。表示該做的事沒做，放任不管、置之不理。大多含有負面的評價。中文意思是：「…著」。

昨夜はテレビを点けっ放しで寝てしまった。

昨天晚上開著電視，就這樣睡著了。

比較

● まま (に)

任人擺佈、唯命是從

接續方法 {動詞辭書形；動詞被動形}＋まま (に)

意 思

【擺佈】 表示沒有自己的主觀判斷，被動的任憑他人擺佈的樣子。後項大多是消極的內容。一般用「られるまま (に)」的形式。

例文 b

友達に誘われるまま、スリをしてしまった。

在朋友的引誘之下順手牽羊。

◆ 比較說明 ◆

「っぱなしで」表放任。接意志動詞，表示做了某事之後，就沒有再做應該做的事，而就那樣放任不管。大多含有負面的評價；「まま」表擺佈，表示處在被動的立場，沒有自己的主觀意志，任憑別人擺佈的樣子。後項大多含有消極的意思。或表示某狀態沒有變化，一直持續的樣子。

っぱなしで【放任】

例文 B

まま【擺佈】

例文 b

5 において、においては、においても、における
在…、在…時候、在…方面

接續方法 {名詞}＋において、においては、においても、における

意思1

【關連場合】表示動作或作用的時間、地點、範圍、狀況等。也用在表示跟某一方面、領域有關的場合（主要為特別的活動或抽象的事物）。是書面語。口語一般用「で」表示。中文意思是：「在…、在…時候、在…方面」。

例文A

会議における各人の発言は全て記録してあります。

所有與會人員的發言都加以記錄下來。

比較

● にかんして (は)、にかんしても、にかんする
關於…、關於…的…

接續方法 {名詞}＋に関して (は)、に関しても、に関する

意思

【關連】表示就前項有關的問題，做出「解決問題」性質的後項行為。有關後項多用「言う（說）」、「考える（思考）」、「研究する（研究）」、「討論する（討論）」等動詞。多用於書面。

例文a

経済に関する本をたくさん読んでいます。

看了很多關於經濟的書。

◆ 比較說明 ◆

「において」表關連場合，表示動作或作用的時間、地點、範圍、狀況等。是書面語；「にかんして」表關連，表示針對和前項相關的事物，進行討論、思考、敘述、研究、發問、調查等動作。

において【關連場合】 例文A

にかんして【關連】 例文a

経済

🎧 Track 057

6 たび (に)
毎次…、毎當…就…

接續方法 {名詞の；動詞辭書形}＋たび (に)

意思1

【關連】表示前項的動作、行為都伴隨後項。也用在一做某事，總會喚起以前的記憶。相當於「するときはいつも〜」。中文意思是：「每次…、每當…就…」。

例文A

この写真を見るたびに、楽しかった子供のころを思い出す。

每次看到這張照片，就會回想起歡樂的孩提時光。

補 充

〖變化〗表示每當進行前項動作，後項事態也朝某個方向逐漸變化。

例文

この女優は見るたびにきれいになるなあ。

每回看到這位女演員總覺得她又變漂亮了呢。

比較

● につき
因…、因為…

接續方法 {名詞}＋につき

意思

【原因】接在名詞後面，表示其原因、理由。一般用在書信中比較鄭重的表現方法。相當於「のため、〜という理由で」。

例文 a

台風につき、学校は休みになります。

因為颱風，學校停課。

◆ 比較說明 ◆

「たび（に）」表關連，表示在做前項動作時都會發生後項的事情；「につき」表原因。説明事情的理由，是書面正式用語。

🎧 Track 058

---

7 にかんして（は）、にかんしても、にかんする
關於…、關於…的…

接續方法 {名詞}＋に関して（は）、に関しても、に関する

意思1

【關連】表示就前項有關的問題，做出「解決問題」性質的後項行為。也就是聽、説、寫、思考、調查等行為所涉及的對象。有關後項多用「言う（説）、考える（思考）、研究する（研究）、討論する（討論）」等動詞。多用於書面。中文意思是：「關於…、關於…的…」。

例文A

10年前の事件に関して、警察から報告があった。

關於十年前的那起案件，警方已經做過報告了。

比較

• にたいして (は)、にたいし、にたいする

向…、對 (於)…

接續方法 {名詞}＋に対して (は)、に対し、に対する

意思

【對象】表示動作、感情施予的對象，有時候可以置換成「に」。

例文a

皆さんに対し、お詫びを申し上げなければなりません。

我得向大家致歉。

◆ 比較說明 ◆

「にかんして」表關連，表示跟前項相關的信息。表示討論、思考、敘述、研究、發問、聽聞、撰寫、調查等動作，所涉及的對象；「にたいして」表對象，表示行為、感情所針對的對象，前接人、話題等，表示對某對象的直接發生作用、影響。

8 から～にかけて
從…到…

接續方法 {名詞}＋から＋{名詞}＋にかけて

意思1

【範圍】表示大略地指出兩個地點、時間之間，一直連續發生某事或某狀態的意思。中文意思是：「從…到…」。

例文A

東京から横浜にかけて、25km（キロメートル）の渋滞です。

從東京到橫濱塞車綿延二十五公里。

比較

● から～まで
從…到…

接續方法 {名詞}＋から＋{名詞}＋まで、{名詞}＋まで＋{名詞}＋から

意思

【距離範圍】表示距離的範圍，「から」前面的名詞是起點，「まで」前面的名詞是終點。

例文a

駅から郵便局まで歩きました。

從車站走到了郵局。

◆ 比較說明 ◆

「から～にかけて」表範圍，涵蓋的區域較廣，只是籠統地表示跨越兩個領域的時間或空間。「から～まで」表距離範圍，則是明確地指出範圍、動作的起點和終點。

から～にかけて【範圍】

例文A

から～まで【距離範圍】

例文a

9 にわたって、にわたる、にわたり、にわたった

經歷…、各個…、一直…、持續…

接續方法 {名詞}＋にわたって、にわたる、にわたり、にわたった

意思1

【範圍】 前接時間、次數及場所的範圍等詞。表示動作、行為所涉及到的時間或空間，沒有停留在小範圍，而是擴展得很大很大。中文意思是：「經歷…、各個…、一直…、持續…」。

例文A

わたし　　　　 ねん　　　　　 こうさい　 へ　 けっこん
私たちは8年にわたる交際を経て結婚した。

我們經過八年的交往之後結婚了。

比較

● をつうじて、をとおして

透過…、通過…

接續方法 {名詞}＋を通じて、を通して

意思

【經由】 表示利用某種媒介（如人物、交易、物品等），來達到某目的（如物品、利益、事項等）。相當於「によって」。

例文a

かのじょ　 つう　　　　　　 かんせつてき　 かれ　 はなし　 き
彼女を通じて、間接的に彼の話を聞いた。

透過她，間接地知道關於他的事情。

「にわたって」表範圍，表示大規模的時間、空間範圍；「をつうじて」表經由，表示經由前項來達到情報的傳遞。如果前面接的是和時間有關的語詞，則表示在這段期間內一直持續後項的狀態，後面應該接的是動詞句或是形容詞句。

にわたって【範圍】
例文A
1～8年

をつうじて【經由】
例文a

MEMO

実力テスト

做對了，往😊走，做錯了往❌走。

次の文の＿＿＿にはどんな言葉を入れたらよいか。1・2から最も適当なものをひとつ選びなさい。

實力測驗

Q 哪一個是正確的？

---

1 私（わたし）の経験（けいけん）（　）、そういうときは早（はや）く謝（あやま）ってしまった方（ほう）がいいよ。
1.として　　　2.からいうと

譯
1.として：作為
2.からいうと：從…來說

---

2 信（しん）じると決（き）めた（　）、最後（さいご）まで味方（みかた）しよう。
1.とする　　　2.からには

譯
1.とする：如果…的話
2.からには：既然…就

---

3 責任者（せきにんしゃ）（　）、状況（じょうきょう）を説明（せつめい）してください。
1.として　　　2.とすれば

譯
1.として：作為
2.とすれば：如果

---

4 聴解試験（ちょうかいしけん）はこの教室（きょうしつ）（　）行（おこな）われます。
1.において　　　2.に関（かん）して

譯
1.において：在
2.に関して：關於

---

5 フランスの絵画（かいが）（　）、研究（けんきゅう）しようと思（おも）います。
1.に関して　　　2.に対（たい）して

譯
1.に関して：關於
2.に対して：對於

---

6 兄（あに）は由紀（ゆき）（　）、いつも優（やさ）しかった。
1.について　　　2.に対（たい）して

譯
1.について：針對
2.に対して：對於

---

7 たった千円（せんえん）でも、子供（こども）（　）大金（たいきん）です。
1.にとっては　　　2.においては

譯
1.にとっては：對…來說
2.においては：在

答案：(1) 2 (2) 2 (3) 1
(4) 1 (5) 1 (6) 2
(7) 1

バンザーイ！

Chapter 8

★★★★★

素材、判斷材料、手段、媒介、代替

1 をつうじて、をとおして
2 かわりに
3 にかわって、にかわり
4 にもとづいて、にもとづき、にもとづく、にもとづいた

5 によると、によれば
6 をちゅうしんに（して）、をちゅうしんとして
7 をもとに（して）

Track 061

1 をつうじて、をとおして

(1)透過…、通過…；(2)在整個期間…、在整個範圍…

接續方法 {名詞}＋を通じて、を通して

意思1

【經由】表示利用某種媒介（如人物、交易、物品等），來達到某目的（如物品、利益、事項等）。相當於「によって」。中文意思是：「透過…、通過…」。

例文A

今はインターネットを通じて、世界中の情報を得ることができる。

現在只要透過網路，就能獲取全世界的資訊。

意思2

【範圍】後接表示期間、範圍的詞，表示在整個期間或整個範圍內，相當於「のうち（いつでも／どこでも）」。中文意思是：「在整個期間…、在整個範圍…」。

例文B

私の国は一年を通して暖かいです。

我的故鄉一年到頭都很暖和。

• にわたって、にわたる、にわたり、にわたった

經歷…、各個…、一直…、持續…

接續方法 {名詞}＋にわたって、にわたる、にわたり、にわたった

意 思

【範圍】前接時間、次數及場所的範圍等詞。表示動作、行為所涉及到的時間範圍，或空間範圍非常之大。

例文 b

この小説の作者は、60年代から70年代にわたってパリに住んでいた。

這小說的作者，從六十年代到七十年代都住在巴黎。

◆ 比較說明 ◆

「をつうじて」表範圍，前接名詞，表示整個範圍內。也表示媒介、手段等。前接時間詞，表示整個期間，或整個時間範圍內；「にわたって」也表範圍，前面也接名詞，也表示整個範圍。但強調時間長、範圍廣。前面也可以接時間、地點有關語詞。

をつうじて【範圍】
例文 B

にわたって【範圍】
例文 b

🎧 **Track 062**

2 かわりに

(1)代替…；(2)作為交換；(3)雖說…但是…

意思 1

【代替】{名詞の；動詞普通形}＋かわりに。表示原為前項，但因某種原因由後項另外的人、物或動作等代替。前後兩項通常是具有

同等價值、功能或作用的事物。大多用在暫時性更換的情況。相當於「～の代理／～代替として」。中文意思是：「代替…」。

例文 A

いたずらをした弟のかわりに、その兄が謝りに来た。

那個惡作劇的小孩的哥哥，代替弟弟來道歉了。

補 充

〖Nがわり〗也可用「名詞＋がわり」的形式，是「かわり」的接尾詞化。

例 文

引っ越しの挨拶がわりに、ご近所にお菓子を配った。

分送了餅乾給左鄰右舍，做為搬家的見面禮。

意思 2

【交換】表示前項為後項的交換條件，也會用「かわりに～」的形式出現，相當於「とひきかえに」。中文意思是：「作為交換」。

例文 B

お昼をごちそうするから、かわりにレポートを書いてくれない。

午餐我請客，你可以替我寫報告嗎？

意思 3

【對比】{動詞普通形}＋かわりに。表示一件事同時具有兩個相互對立的側面，一般重點在後項，相當於「一方で」。中文意思是：「雖説…但是…」。

例文 C

現代人は便利な生活を得たかわりに、豊かな自然を失った。

現代人獲得便利生活的代價是失去了豐富的大自然。

● はんめん

另一面…、另一方面…

接續方法 {[形容詞・動詞]辭書形}＋反面；{[名詞・形容動詞詞幹な] である}＋反面

意 思

【對比】表示同一種事物，同時兼具兩種不同性格的兩個方面。除了前項的一個事項外，還有後項的相反的一個事項。相當於「〜である一方」。

例文 c

語学は得意な反面、数学は苦手だ。

語文很拿手，但是數學就不行了。

◆ 比較說明 ◆

「かわりに」表對比，表示同一事物有好的一面，也有壞的一面，或者相反；「はんめん」也表對比，表示同一事物兩個相反的性質、傾向。

♪ Track 063

3 にかわって、にかわり
(1)替…、代替…、代表…；(2)取代…

接續方法 {名詞}＋にかわって、にかわり

意思 1

【代理】前接名詞為「人」的時候，表示應該由某人做的事，改由

其他的人來做。是前後兩項的替代關係。相當於「～の代理で」。中文意思是：「替…、代替…、代表…」。

例文 A

入院中の父にかわって、母が挨拶をした。

家母代替正在住院的家父前去問候了。

意思 2

【對比】前接名詞為「物」的時候，表示以前的東西，被新的東西所取代。相當於「かつての～ではなく」。中文意思是：「取代…」。

例文 B

若者の間では、スキーにかわってスノーボードが人気だ。

單板滑雪已經取代雙板滑雪的地位，在年輕人之間蔚為流行。

比較

● いっぽうだ
一直…、不斷地…、越來越…

接續方法 {動詞辭書形}＋一方だ

意思

【傾向】表示某狀況一直朝著一個方向不斷發展，沒有停止。

例文 b

最近、オイル価格は上がる一方だ。

最近油價不斷地上揚。

◆ 比較說明 ◆

「にかわって」表對比。前接名詞「物」時，表示以前的東西，被新的東西所取代；「いっぽう」表傾向，表示某事件有兩個對照的側面。也可以表示兩者對比的情況。

にかわって【對比】

例文 B

いっぽう【傾向】

例文 b

レギュラー 162
ハイオク 175
軽油 138

🎧 Track 064

4 にもとづいて、にもとづき、にもとづく、にもとづいた
根據…、按照…、基於…

接續方法 {名詞}＋に基づいて、に基づき、に基づく、に基づいた

意思1

【依據】表示以某事物為根據或基礎。相當於「をもとにして」。中文意思是：「根據…、按照…、基於…」。

例文A

お客様のご希望に基づくメニューを考えています。

目前正依據顧客的建議規劃新菜單。

比較

● にしたがって、にしたがい
伴隨…、隨著…

接續方法 {動詞辭書形}＋にしたがって、にしたがい

意思

【附帶】表示隨著前項的動作或作用的變化，後項也跟著發生相應的變化。相當於「につれて」、「にともなって」、「に応じて」、「とともに」等。

例文a

山を登るにしたがって、寒くなってきた。

隨著山愈爬愈高，變得愈來愈冷。

「にもとづいて」表依據，表示以前項為依據或基礎，進行後項的動作；「にしたがって」表附帶，表示後項隨著前項的變化而變化。也表示按照前接的指示、規則、人的命令等去做的意思。

にもとづいて【依據】 例文A

にしたがって【附帶】 例文a

🎧 Track 065

5 によると、によれば
據…、據…說、根據…報導…

接續方法 {名詞}＋によると、によれば

意思1

【信息來源】表示消息、信息的來源，或推測的依據。後面經常跟著表示傳聞的「そうだ、ということだ」之類詞。中文意思是：「據…、據…說、根據…報導…」。

例文A

ニュースによると、全国でインフルエンザが流行し始めたらしい。

根據新聞報導，全國各地似乎開始出現流感大流行。

比較

● にもとづいて、にもとづき、にもとづく、にもとづいた

根據…、按照…、基於…

接續方法 {名詞}＋に基づいて、に基づき、に基づく、に基づいた

意 思

【依據】表示以某事物為根據或基礎。相當於「をもとにして」。

例文 a

<ruby>専門家<rt>せんもん か</rt></ruby>の<ruby>意見<rt>い けん</rt></ruby>に<ruby>基<rt>もと</rt></ruby>づいた<ruby>計画<rt>けいかく</rt></ruby>です。

根據專家意見訂的計畫。

◆ 比較說明 ◆

「によると」表信息來源，表示消息的來源，句末大多使用表示傳聞的說法，常和「そうだ、ということだ」呼應使用；「にもとづいて」表依據，表示以前項為依據或基礎，進行後項的動作。

🎧 Track 066

6 をちゅうしんに（して）、をちゅうしんとして
以…為重點、以…為中心、圍繞著…

接續方法 {名詞}＋を中心に（して）、を中心として

意思 1

【基準】表示前項是後項行為、狀態的中心。中文意思是：「以…為重點、以…為中心、圍繞著…」。

例文 A

<ruby>地球<rt>ち きゅう</rt></ruby>は<ruby>太陽<rt>たいよう</rt></ruby>を<ruby>中心<rt>ちゅうしん</rt></ruby>としてまわっている。

地球是繞著太陽旋轉的。

● をもとに、をもとにして
以…為根據、以…為參考、在…基礎上

接續方法 {名詞}＋をもとに、をもとにして

意 思

【根據】表示將某事物做為啟示、根據、材料、基礎等。後項的行為、動作是根據或參考前項來進行的。相當於「に基づいて」、「を根拠にして」。

例文 a

「江戸川乱歩」という筆名は、「エドガー・アラン・ポー」をもとにしている。

「江戶川亂步」這個筆名的發想來自於「埃德加・愛倫・坡」。

◆ 比較說明 ◆

「をちゅうしんに（して）」表基準，表示前項是某事物、狀態、現象、行為範圍的中心點；「をもとに（して）」表根據，表示以前項為參考、材料、基礎等，來進行後項的行為。

をちゅうしんに（して）【基準】
例文A

をもとに（して）【根據】
例文a

江戸川乱歩
↓
エドガー・アラン・ポー

🎧 Track 067

7 をもとに（して）
以…為根據、以…為參考、在…基礎上

接續方法 {名詞}＋をもとに（して）

【根據】表示將某事物做為啟示、根據、材料、基礎等。後項的行為、動作是根據或參考前項來進行的。相當於「に基づいて、を根拠にして」。中文意思是:「以…為根據、以…為參考、在…基礎上」。

例文A

この映画は実際にあった事件をもとにして作られた。

這部電影是根據真實事件拍攝而成的。

比較

● **にもとづいて、にもとづき、にもとづく、にもとづいた**

根據…、按照…、基於…

接續方法 {名詞}＋に基づいて、に基づき、に基づく、に基づいた

意思

【根據】表示以某事物為根據或基礎。相當於「をもとにして」。

例文a

その健康食品は、科学的根拠に基づかずに「がんに効く」と宣伝していた。

那種健康食品毫無科學依據就不斷宣稱「能夠有效治療癌症」。

◆ 比較說明 ◆

「をもとにして」表根據,前接名詞。表示以前項為參考、材料、基礎等,來進行後項的改編或變形;「にもとづいて」也表根據,前面接抽象名詞。表示以前項為依據或基礎,在不偏離前項的基準下,進行後項的動作。

をもとに（して）【根拠】 例文A

にもとづいて【根拠】 例文a

科学的根拠

がんに効く

MEMO

實力測驗
Q 哪一個是正確的？

1
写真（　　）、年齢を推定しました。
1. にしたがって　2. に基づいて

譯
1. にしたがって：隨著
2. に基づいて：根據

2
『金瓶梅』は、『水滸伝』（　　）書かれた小説である。
1. をもとにして　2. に基づいて

譯
1. をもとにして：以…為基礎
2. に基づいて：根據…

3
大学の先生（　　）して、漢詩を学ぶ会を作った
1. を中心に　2. をもとに

譯
1. を中心に：以…為中心
2. をもとに：以…為根據

4
台湾は1年（　　）雨が多い。
1. を通して　2. どおりに

譯
1. を通して：在…期間內一直
2. どおりに：照著

5
社長の（　　）、奥様がいらっしゃいました。
1. ついでに　2. かわりに

譯
1. ついでに：順便
2. かわりに：代替

6
人間（　　）ロボットがお客様を迎える。
1. にかわって　2. について

譯
1. にかわって：代替…
2. について：有關…

答案：(1) 2 (2) 1 (3) 1
　　　(4) 1 (5) 2 (6) 1

Chapter

9

★★★★★

希望、願望、意志、決定、感情表現

1 たらいい (のに) なあ、といい (のに) なあ
2 て (で) ほしい、てもらいたい
3 ように
4 てみせる
5 ことか
6 て (で) たまらない
7 て (で) ならない
8 ものだ
9 句子＋わ
10 をこめて

🎧 **Track 068**

1 たらいい (のに) なあ、といい (のに) なあ
…就好了

接續方法 {名詞；形容動詞詞幹}＋だといい (のに) なあ；{名詞；形容動詞詞幹}＋だったらいい (のに) なあ；{[動詞・形容詞] 普通形現在形}＋といい (のに) なあ；{動詞た形}＋たらいい (のに) なあ；

接續方法 {形容詞た形}＋かったらいい (のに) なあ；{名詞；形容動詞詞幹}＋だったらいい (のに) なあ

意思1

【願望】 表示非常希望能夠成為那樣，前項是難以實現或是與事實相反的情況。含有說話者遺憾、不滿、感嘆的心情。中文意思是：「…就好了」。

例文A

この窓がもう少し大きかったらいいのになあ。

那扇窗如果能再大一點，該有多好呀。

補充

〖單純希望〗「たらいいなあ、といいなあ」單純表示說話者所希望的，並沒有在現實中是難以實現的，與現實相反的語意。

例文

今日の晩ご飯、カレーだといいなあ。

真希望今天的晚飯吃的是咖哩呀。

● ばよかった

…就好了

接續方法 {動詞假定形}＋ばよかった；{動詞否定形（去い）}＋なければよかった

意 思

【反事實條件】表示說話者自己沒有做前項的事而感到後悔，覺得要是做了就好了，對於過去事物的惋惜、感慨，帶有後悔的心情。

例文 a

雨だ、傘を持ってくればよかった。

下雨了！早知道就帶傘來了。

◆ 比較說明 ◆

「たらいい（のに）なあ」表願望，表示前項是難以實現或是與事實相反的情況，表現說話者遺憾、不滿、感嘆的心情。常伴隨在句尾的「なあ」表示詠歎；「ばよかった」表反事實條件，表示說話人對自己沒有做前項的事，而感到十分惋惜。說話人覺得要是做了就好了，帶有後悔的心情。

たらいい（のに）なあ【願望】 例文A

ばよかった【反事實條件】 例文 a

🎧 Track 069

2 て（で）ほしい、てもらいたい
(1)想請你…；(2)希望能…、希望能（幫我）…

意思1

【願望】{動詞て形}＋てほしい。表示對他人的某種要求或希望。中文意思是：「想請你…」。

母には元気で長生きしてほしい。

希望媽媽長命百歲。

〔**否定說法**〕否定的説法有「ないでほしい」跟「てほしくない」兩種。

そんなにスピードを出さないでほしい。

希望車子不要開得那麼快。

【請求】{動詞て形}＋てもらいたい。表示想請他人為自己做某事，或從他人那裡得到好處。中文意思是：「希望能…、希望能（幫我）…」。

たくさんの人にこの商品を知ってもらいたいです。

衷心盼望把這項產品介紹給廣大的顧客。

● **てもらう**

（我）請（某人為我做）…

接續方法 {動詞て形}＋もらう

【行為受益－同輩、晚輩】表請求，表示請求別人做某行為，且對那一行為帶著感謝的心情。也就是接受人由於給予人的行為，而得到恩惠、利益。一般是接受人請求給予人採取某種行為的。這時候接受人跟給予人大多是地位、年齡同等的同輩。句型是「接受人是（が）給予人に（から）～を動詞てもらう」。或給予人也可以是晚輩。

田中さんに日本人の友達を紹介してもらった。

我請田中小姐為我介紹日本人朋友。

「てもらいたい」表請求，表示說話者的希望或要求；「てもらう」表行為受益－同輩、晚輩，表示要別人替自己做某件事情。

てもらいたい【請求】
例文 B

てもらう【行為受益－同輩、晚輩】
例文 b

🎧 **Track 070**

3 ように
(1) 為了…而…；(2) 請…；(3) 如同…；(4) 希望…

意思 1

【目的】{動詞辭書形；動詞否定形}＋ように。表示為了實現前項而做後項，是行為主體的目的。中文意思是：「為了…而…」。

例文 A

後ろの席まで聞こえるように、大きな声で話した。

提高了音量，讓坐在後方座位的人也能聽得見。

意思 2

【勸告】用在句末時，表示願望、希望、勸告或輕微的命令等。中文意思是：「請…」。

例文 B

まだ寒いから、風邪を引かないようにね。

現在天氣還很冷，請留意別感冒了喔！

【例示】{名詞の；動詞辭書形；動詞否定形}＋ように。表示以具體的人事物為例，來陳述某件事物的性質或內容等。中文意思是：「如同…」。

例文 C

わたし はつおん あと い
私が発音するように、後について言ってみてください。

請模仿我的發音，跟著說一遍。

意思 4

【期盼】{動詞ます形}＋ますように。表示祈求。中文意思是：「希望…」。

例文 D

びょうき はや
おばあちゃんの病気が早くよくなりますように。

希望奶奶早日康復。

比較

● ため（に）

以…為目的，做…、為了…

接續方法 {名詞の；動詞辭書形}＋ため（に）

意　思

【目的】表示為了某一目的，而有後面積極努力的動作、行為，前項是後項的目標，如果「ため（に）」前接人物或團體，就表示為其做有益的事。

例文 d

わたし かのじょ なん
私は、彼女のためなら何でもできます。

只要是為了她，我什麼都辦得到。

◆ 比較說明 ◆

「ように」表期盼，表示目的。期待能夠實現前項這一目標，而做後項。前後句主詞不一定要一致；「ために」表目的。為了某種目標積極地去採取行動。前後句主詞必須一致。

ように【期盼】 例文 D

ために【目的】 例文 d

4 てみせる
(1)做給…看；(2)一定要…

接續方法 {動詞て形}＋てみせる

意思1

【示範】表示為了讓別人能瞭解，做出實際的動作示範給別人看。
中文意思是：「做給…看」。

例文A

一人暮らしを始める息子に、まずゴミの出し方から
やってみせた。

為了即將獨立生活的兒子，首先示範了倒垃圾的方式。

意思2

【意志】表示説話人強烈的意志跟決心，含有顯示自己的力量、能
力的語氣。中文意思是：「一定要…」。

例文B

今年はだめだったけど、来年は絶対に合格してみせる。

雖然今年沒被錄取，但明年一定會考上給大家看。

比較

● てみる

試著（做）…

接續方法 {動詞て形}＋みる

意思

【嘗試】「みる」是由「見る」延伸而來的抽象用法，常用平假名書寫。表示嘗試著做前接的事項，是一種試探性的行為或動作，一般是肯定的説法。

例文 b

このおでんを食べてみてください。

請嚐看看這個關東煮。

◆ 比較說明 ◆

「てみせる」表意志，表示説話者做某件事的強烈意志；「てみる」表嘗試，表示不知道、沒試過，所以嘗試著去做某個行為。

🎧 Track 072

5 ことか
多麼…啊

接續方法 {疑問詞}＋{形容動詞詞幹な；[形容詞・動詞] 普通形}＋ことか

意思1

【感慨】表示該事態的程度如此之大，大到沒辦法特定，含有非常感慨的心情，常用於書面。相當於「非常に～だ」，前面常接疑問詞「どんなに（多麼）、どれだけ（多麼）、どれほど（多少）」等。中文意思是：「多麼…啊」。

新薬ができた。この日をどれだけ待っていたことか。

新藥研發成功了！這一天不知道已經盼了多久！

補充

�〔口語〕另外，用「ことだろうか、ことでしょうか」也可表示感歎，常用於口語。

例文

君の元気な顔を見たら、彼女がどんなに喜ぶことだろうか。

若是讓她看到你神采奕奕的模樣，真不知道她會有多高興呢！

比較

● ものか

哪能…、怎麼會…呢、決不…、才不…呢

接續方法 {形容動詞詞幹な；[形容詞・動詞]辭書形}＋ものか

意思

【強調否定】句尾聲調下降。表示強烈的否定情緒，指說話人絕不做某事的決心，或是強烈否定對方的意見。

例文a

あんな銀行に、お金を預けるものか。

我才不把錢存在那種銀行裡呢！

◆ 比較說明 ◆

「ことか」表感慨，表示說話人強烈地表達自己的感情；「ものか」表強調否定，表示說話人絕對不做某事的強烈抗拒的意志。「ことか」跟「ものか」接續相同。

6 て(で)たまらない
非常…、…得受不了

接續方法 {[形容詞・動詞]て形}＋てたまらない；{形容動詞詞幹}＋でたまらない

意思1

【感情】 指説話人處於難以抑制，不能忍受的狀態，前接表達感覺、感情的詞，表示説話人強烈的感情、感覺、慾望等，相當於「てしかたがない、非常に」。中文意思是：「非常…、…得受不了」。

例文 A

<ruby>暑<rt>あつ</rt></ruby>いなあ。<ruby>今日<rt>きょう</rt></ruby>は<ruby>喉<rt>のど</rt></ruby>が<ruby>渇<rt>かわ</rt></ruby>いてたまらないよ。

好熱啊！今天都快渴死了啦！

補 充

〔**重複**〕可重複前項以強調語氣。

例 文

<ruby>甘<rt>あま</rt></ruby>いものが<ruby>食<rt>た</rt></ruby>べたくて<ruby>食<rt>た</rt></ruby>べたくてたまらないんです。

真的、真的超想吃甜食！

● て（で）しかたがない、て（で）しょうがない、て（で）しようがない

…得不得了

接續方法 {形容動詞詞幹；形容詞て形；動詞て形}＋て（で）しかた
がない、て（で）しょうがない、て（で）しようがない

意思

【強調心情】表示心情或身體，處於難以抑制，不能忍受的狀態，
為口語表現。使用頻率依序為：「て（で）しょうがない」、「て（で）
しかたがない」、「て（で）しようがない」，其中「て（で）しょう
がない」使用頻率最高。形容詞、動詞用「て」接續，形容動詞用
「で」接續。

例文 a

かのじょ
彼女のことが好きで好きでしょうがない。

我喜歡她，喜歡到不行。

◆ 比較說明 ◆

「てたまらない」表感情，表示某種強烈的情緒、感覺、慾望，或身
體感到無法抑制，含有已經到無法忍受的地步之意；「てしょうがな
い」表強調心情，表示某種強烈的感情、感覺，或身體感到無法抑
制。含有毫無辦法的意思。兩者常跟心情、感覺相關的詞一起使用。

てたまらない【感情】

例文 A

てしょうがない【強調心情】

例文 a

7 て（で）ならない
…得受不了、非常…

接續方法 {[形容詞・動詞]て形}＋てならない；{名詞；形容動詞詞幹}＋でならない

意思 1

【感情】表示因某種感受十分強烈，達到沒辦法控制的程度，相當於「てしょうがない」等。中文意思是：「…得受不了、非常…」。

例文 A

子供のころは、運動会が嫌でならなかった。

小時候最痛恨運動會了。

補 充

〖接自發性動詞〗不同於「てたまらない」，「てならない」前面可以接「思える（看來）、泣ける（忍不住哭出來）、になる（在意）」等非意志控制的自發性動詞。

例 文

老後のことを考えると心配でならない。

一想到年老以後的生活就擔心得不得了。

比較

● て（で）たまらない
非常…、…得受不了

接續方法 {[形容詞・動詞]て形}＋たまらない；{形容動詞詞幹}＋でたまらない

意 思

【感情】指説話人處於難以抑制，不能忍受的狀態，前接表達感覺、感情的詞，表示説話人強烈的感情、感覺、慾望等，相當於「てしかたがない、非常に」。

例文 a

最新のコンピューターが欲しくてたまらない。

想要新型的電腦，想要得不得了。

「てならない」表感情，表示某種情感非常強烈，或身體無法抑制，使自己情不自禁地去做某事，可以跟自發意義的詞，如「思える」一起使用；「てたまらない」也表感情，表示某種情緒、感覺、慾望，已經到了難以忍受的地步。常跟心情、感覺相關的詞一起使用。

🎧 Track 075

8 ものだ
過去…經常、以前…常常

接續方法 {形容動詞詞幹な；形容詞辭書形；動詞普通形}＋ものだ

意思1

【感慨】表示說話者對於過去常做某件事情的感慨、回憶或吃驚。如果是敘述人物的行為或狀態時，有時會搭配表示欽佩的副詞「よく」；有時也會搭配表示受夠了的副詞「よく（も）」一起使用。中文意思是：「過去…經常、以前…常常」。

例文A

昔は弟と喧嘩ばかりして、母に叱られたものだ。

以前一天到晚和弟弟吵架，老是挨媽媽罵呢！

比較

● ことか
多麼…啊

接續方法 {疑問詞}＋{形容動詞詞幹な；[形容詞・動詞]普通形}＋ことか

【感慨】表示該事態的程度如此之大，大到沒辦法特定，含有非常感慨的心情，常用於書面，相當於「非常に～だ」，前面常接疑問詞「どんなに（多麼）、どれだけ（多麼）、どれほど（多少）」等。

例文 a

あなたが子供の頃は、どんなに可愛かったことか。

你小時候多可愛啊！

◆ 比較說明 ◆

「ものだ」表感慨。跟過去時間的說法，前後呼應，表示說話人敘述過去常做某件事情，對此事強烈地感慨、感動或吃驚；「ことか」也表感慨，表示程度又大又深，達到無法想像的地步。含有非常強烈的感慨心情。

ものだ【感慨】　例文A

ことか【感慨】　例文a

🎧 Track 076

9 句子＋わ
…啊、…呢、…呀

接續方法 {句子}＋わ

意思1

【主張】表示自己的主張、決心、判斷等語氣。女性用語。在句尾可使語氣柔和。中文意思是：「…啊、…呢、…呀」。

例文A

やっとできたわ。

終於做完囉！

● だい

…呢、…呀

接續方法 {句子}＋だい

意 思

【疑問】接在疑問詞或含有疑問詞的句子後面，表示向對方詢問的語氣。
有時也含有責備或責問的口氣。男性用言，用在口語，説法較為老氣。

例文 a

田舎（いなか）のお母（かあ）さんの調子（ちょうし）はどうだい。
鄉下母親的狀況怎麼樣？

◆ 比較說明 ◆

「句子＋わ」表主張，語氣助詞。讀升調，表示自己的主張、決心、
判斷。語氣委婉、柔和。主要為女性用語；「だい」表疑問，也是
語氣助詞。讀升調，表示疑問。主要為成年男性用語。

句子＋わ【主張】 例文A

だい【疑問】 例文a

🎧 Track 077

10 をこめて

集中…、傾注…

接續方法 {名詞}＋を込めて

意思1

【附帶感情】表示對某事傾注思念或愛等的感情。中文意思是：
「集中…、傾注…」。

家族の為に心をこめておいしいごはんを作ります。

為了家人而全心全意烹調美味的飯菜。

補 充

〔**慣用法**〕常用「心を込めて（誠心誠意）、力を込めて（使盡全力）、愛を込めて（充滿愛）、感謝を込めて（充滿感謝）」等用法。

例 文

先生、2年間の感謝をこめて、みんなでこのアルバムを作りました。

老師，全班同學感謝您這兩年來的付出，一起做了這本相簿。

比較

● をつうじて、をとおして

透過…、通過…

接續方法 {名詞}＋を通じて、を通して

意 思

【**經由**】表示利用某種媒介（如人物、交易、物品等），來達到某目的（如物品、利益、事項等）。相當於「によって」。

例文 a

マネージャーを通して、取材を申し込んだ。

透過經紀人申請了採訪。

◆ 比較說明 ◆

「をこめて」表附帶感情，前面通常接「願い、愛、心、思い」等和心情相關的字詞，表示抱持著愛、願望等心情，灌注於後項的事物之中；「をつうじて」表經由，表示經由前項，來達到情報的傳遞。

をこめて【附帯感情】

例文 A

をつうじて【經由】

例文 a

MEMO

実力テスト

做對了，往😊走，做錯了往✖走。

次の文の＿＿＿＿にはどんな言葉を入れたらよいか。1・2から最も適当なものをひとつ選びなさい。

實力測驗

Q 哪一個是正確的？

1
お庭がもっと広い（　　）のにな。

1. といい　　　　2. としたら

譯
1. といい：就好了
2. としたら：如果…的話

2
ほこりがたまらない（　　）、毎日掃除をしましょう。

1. ために　　　2. ように

譯
1. ために：為了
2. ように：為了

3
警察なんかに捕まるものか。必ず逃げ切って（　　）。

1. みせる　　　　2. みる

譯
1. みせる：一定要
2. みる：試著（做）…

4
彼の味方になんか、なる（　　）。

1. もの　　　　2. ものか

譯
1. もの：因為…
2. ものか：才不…呢

5
勉強が辛くて（　　）。

1. たまらない　2. ほかない

譯
1. たまらない：非常
2. ほかない：只好

6
昔のことが懐かしく思い出されて（　　）。

1. ならない　　2. たまらない

譯
1. ならない：…得厲害
2. たまらない：非常

7
感謝（　　）、ブローチを贈りました。

1. をこめて　　2. をつうじて

譯
1. をこめて：傾注
2. をつうじて：通過

答案：（1）1（2）2（3）1
　　　（4）2（5）1（6）1
　　　（7）1

10

★★★★★

義務、不必要

1 ないと、なくちゃ
2 ないわけにはいかない
3 から（に）は
4 ほか（は）ない

5 より（ほか）ない、ほか（しかたが）ない
6 わけには（も）いかない

🎧 Track 078

1 ないと、なくちゃ
不…不行

接續方法 {動詞否定形}＋ないと、なくちゃ

意思1

【條件】表示受限於某個條件、規定，必須要做某件事情，如果不做，會有不好的結果發生。中文意思是：「不…不行」。

例文A

明日朝早いから、もう寝ないと。

明天一早就得起床，不去睡不行了。

補 充

〖口語－なくちゃ〗「なくちゃ」是口語説法，語氣較為隨便。

例 文

マヨネーズが切れたから買わなくちゃ。

美奶滋用光了，得去買一瓶回來嘍。

比較

● なければならない
必須…、應該…

接續方法 {動詞否定形}＋なければならない

意 思

【義務】表示無論是自己或對方，從社會常識或事情的性質來看，不那樣做就不合理，有義務要那樣做。

医者になるためには、国家試験に合格しなければならない。

想當醫生，就必須通過國家考試。

◆ 比較說明 ◆

「ないと」表條件，表示不具備前項的某個條件、規定，後項就會有不好的結果發生或不可能實現；「なければならない」表義務，表示依據社會常識、法規、習慣、道德等規範，必須是那樣的，或有義務要那樣做。是客觀的敘述。在口語中「なければ」常縮略為「なきゃ」。

ないと【條件】
例文 A

なければならない【義務】
例文 a

🎧 Track 079

2　ないわけにはいかない
不能不…、必須…

接續方法 {動詞否定形}＋ないわけにはいかない

意思1

【義務】表示根據社會的理念、情理、一般常識或自己過去的經驗，不能不做某事，有做某事的義務。中文意思是：「不能不…、必須…」。

例文 A

生きていくために、働かないわけにはいかないのだ。

為了活下去，就非得工作不可。

比較

● (さ)せる

讓…、叫…、令…

接續方法 {[一段動詞・カ變動詞]使役形;サ變動詞詞幹}+させる;{五段動詞使役形}+せる

意 思

【強制】 表示某人強迫他人做某事，由於具有強迫性，只適用於長輩對晚輩或同輩之間。

例文 a

娘(むすめ)がお腹(なか)を壊(こわ)したので薬(くすり)を飲(の)ませた。

由於女兒鬧肚子了，所以讓她吃了藥。

◆ **比較說明** ◆

「ないわけにはいかない」表義務，表示基於常識或受限於某種規範，不這樣做不行;「させる」表強制。是地位高的人強制或勸誘地位低的人做某行為。

Track 080

3 から(に)は

(1)既然…，就…;(2)既然…

接續方法 {動詞普通形}+から(に)は

【理由】表示既然因為到了這種情況，所以後面就理所當然要「貫徹到底」的説法，因此後句常是説話人的判斷、決心及命令等，含有説話人個人強烈的情感及幹勁。一般用於書面上，相當於「のなら、以上は」。中文意思是：「既然…、既然…，就…」。

例文A

約束したからには、必ず最後までやります。

既然答應了，就一定會做完。

意思2

【義務】表示以前項為前提，後項事態也就理所當然的責任或義務。中文意思是：「既然…」如例：

例文B

会社に入ったからには、会社の利益の為に働かなければならない。

既然進了公司，就非得為公司的收益而努力工作才行。

比較

● とすれば、としたら、とする

如果…、如果…的話、假如…的話

接續方法 {名詞だ；形容動詞詞幹だ；[形容詞・動詞]普通形}＋とすれば、としたら、とする

意思

【假定條件】在認清現況或得來的信息的前提條件下，據此條件進行判斷，相當於「～と仮定したら」。

例文b

5億円が当たったとします。あなたはどうしますか。

假如你中了五億日圓，你會怎麼花？

◆ 比較說明 ◆

「から（に）は」表義務，表示既然到了這種情況，就要順應這件事情，去進行後項的責任或義務。含有抱持某種決心或意志；「とする」表假定條件，是假定用法，表示前項如果成立，説話者就依照前項這個條件來進行判斷。

から（に）は【義務】

例文B

とする【假定條件】

例文b

4 ほか（は）ない
只有…、只好…、只得…

接續方法 {動詞辭書形}＋ほか（は）ない

意思1

【讓步】表示雖然心裡不願意，但又沒有其他方法，只有這唯一的選擇，別無它法。含有無奈的情緒。相當於「以外にない、より仕方がない」等。中文意思是：「只有…、只好…、只得…」。

例文A

しごと　　　　　　　　　　　　　かいしゃ　　がんば
仕事はきついが、この会社で頑張るほかはない。

雖然工作很辛苦，但也只能在這家公司繼續熬下去。

比較

● ようがない、ようもない

沒辦法、無法…；不可能…

接續方法 {動詞ます形}＋ようがない、ようもない

意思

【不可能】表示不管用什麼方法都不可能，已經沒有辦法了，相當於「ことができない」，「よう」是接尾詞。

例文a

みち　ひと　　　　　　　　　　　　　　　とお　ぬ
道に人があふれているので、通り抜けようがない。

路上到處都是人，沒辦法通行。

「ほかない」表讓步，表示沒有其他的辦法，只能硬著頭皮去做某件事情；「ようがない」表不可能，表示束手無策，一點辦法也沒有，即想做但不知道怎麼做，所以不能做。

ほかない【讓步】

例文A

ようがない【不可能】

例文a

🎧 **Track 082**

5 より（ほか）ない、ほか（しかたが）ない

只有…、除了…之外沒有…

意思1

【讓步】{名詞；動詞辭書形}＋より（ほか）ない；{動詞辭書形}＋ほか（しかたが）ない。後面伴隨著否定，表示這是唯一解決問題的辦法，相當於「ほかない、ほかはない」，另外還有「よりほかにない、よりほかはない」的說法。中文意思是：「有…、除了…之外沒有…」。

例文A

電車が動いていないのだから、タクシーで行くよりほかない。

因為電車無法運行，只能搭計程車去了。

補　充

〖**人物＋いない**〗{名詞；動詞辭書形}＋よりほかに～ない。是「それ以外にない」的強調說法，前接的名詞為人物時，後面要接「いない」。

例 文

あなたよりほかに頼める人がいないんです。

除了你以外，沒有其他人可以拜託了。

比較

● ないわけにはいかない

不能不…、必須…

接續方法 {動詞否定形}＋ないわけにはいかない

意 思

【義務】表示根據社會的理念、情理、一般常識或自己過去的經驗，不能不做某事，有做某事的義務。

例文 a

明日試験があるので、今夜は勉強しないわけにはいかない。

由於明天要考試，今晚不得不用功念書。

◆ 比較說明 ◆

「より（ほか）ない」表讓步，表示沒有其他的辦法了，只能採取前項行為；「ないわけにはいかない」表義務，表示受限於某種社會上、常識上的規範、義務，必須採取前項行為。

より（ほか）ない【讓步】	ないわけにはいかない【義務】

例文 A	例文 a

6 わけには（も）いかない

不能…、不可…

接續方法 {動詞辭書形；動詞ている}＋わけには（も）いかない

意思1

【不能】表示由於一般常識、社會道德、過去經驗，或是出於對周圍的顧忌、出於自尊等約束，那樣做是行不通的，相當於「することはできない」。中文意思是：「不能…、不可…」。

例文A

いくら聞かれても、彼女の個人情報を教えるわけにはいきません。

無論詢問多少次，我絕不能告知她的個資。

比較

● **わけではない、わけでもない**

並不是…、並非…

接續方法 {形容動詞詞幹な；[形容詞・動詞]普通形}＋わけではない、わけでもない

意思

【部分否定】表示不能簡單地對現在的狀況下某種結論，也有其它情況。常表示部分否定或委婉的否定。

例文a

食事をたっぷり食べても、必ず太るというわけではない。

吃得多不一定會胖。

◆ 比較說明 ◆

「わけにはいかない」表不能，表示受限於常識或規範，不可以做前項這個行為；「わけではない」表部分否定，表示依照狀況看來，不能百分之百地導出前項的結果，也有其他可能性或是例外。是一種委婉、部分的否定用法。

わけにはいかない【不能】

例文 A

わけではない【部分否定】

例文 a

MEMO

実力テスト

做對了，往 😊 走，做錯了往 ❌ 走。

次の文の＿＿＿＿にはどんな言葉を入れたらよいか。1・2から最も適当なものをひとつ選びなさい。

實力測驗

Q 哪一個是正確的？

1
こうこうせい ぼく
高校生の僕が、小学生のガキに
ま
負ける（　　）。

1. わけにはいかない　2. ほかない

譯
1. わけにはいかない：不能
2. ほかない：只好

2
だれ たす
誰も助けてくれないので、自分
なん じぶん
で何とかする（　　）。

1. ほかない　　2. ようがない

譯
1. ほかない：只好
2. ようがない：沒辦法

3
にがて しょうがつ
あのおじさん苦手だけれど、正月な
しんせき あいさつ い
のに親戚に挨拶に行かない（　　）。

1. わけがない
2. わけにもいかない

譯
1. わけがない：不可能
2. わけにもいかない：也不行不

4
こうなった（　　）、しかたがな
わたしひとり
い。私一人でもやる。

1. からは　　　2. といっても

譯
1. からは：既然…
2. といっても：雖說…，但…

5
と はや
アイスが溶けちゃうから、早く
た
食べ（　　）。

1. ないと　2. ないにきまっている

譯
1. ないと：必須…
2. ないにきまっている：肯定不是…

6
きり ひこうき けっこう で
霧で飛行機の欠航が出ているた
とうきょう いっぱく
め、東京で一泊する（　　）。

1. ものではなかった
2. よりほかなかった

譯
1. ものではなかった：不該
2. よりほかなかった：除了…
之外沒有…

答案：（1）1　（2）1　（3）2
　　　（4）1　（5）1　（6）2

条件、仮定

1 さえ〜ば、さえ〜たら
2 たとえ〜ても
3 （た）ところ
4 てからでないと、てからでなければ

5 ようなら、ようだったら
6 たら、だったら、かったら
7 とすれば、としたら、とする
8 ばよかった

★★★★★

🎧 Track 084

1 さえ〜ば、さえ〜たら
只要…（就…）

接續方法 {名詞}＋さえ＋{[形容詞・形容動詞・動詞]假定形}＋ば、たら

意思1

【條件】表示只要某事能夠實現就足夠了，強調只需要某個最低限度或唯一的條件，後項即可成立，相當於「その条件だけあれば」。中文意思是：「只要…（就…）」。

例文A

サッカーさえできれば、息子は満足なんです。

兒子只要能踢足球，就覺得很幸福了。

補充

〔惋惜〕表達説話人後悔、惋惜等心情的語氣。

例文

あの時の私に少しの勇気さえあれば、彼女に結婚を申し込んでいたのに。

那個時候假如我能提起一點點勇氣，就會向女友求婚了。

● こそ

正是…、才(是)…

接續方法 {名詞}＋こそ

意思

【強調】表示特別強調某事物。

例文 a

「ありがとう。」「<ruby>私<rt>わたし</rt></ruby>こそ、ありがとう。」

「謝謝。」「我才該向你道謝。」

◆ 比較說明 ◆

「さえ～ば」表條件，表示滿足條件的最低限度，前項一成立，就能得到後項的結果；「こそ」表強調。用來特別強調前項，表示「不是別的，就是這個」。一般用在強調正面的、好的意義上。

さえ～ば、さえ～たら【條件】　例文A

こそ【強調】　例文a

🎧 Track 085

2 たとえ～ても

即使…也…、無論…也…

接續方法 たとえ＋{動詞て形・形容詞く形}＋ても；たとえ＋{名詞；形容動詞詞幹}＋でも

意思1

【逆接條件】是逆接條件。表示讓步關係，即使是在前項極端的條件下，後項結果仍然成立。相當於「もし～だとしても」。中文意思是：「即使…也…、無論…也…」。

たとえ便利でも、環境に悪いものは買わないようにし
ている。

就算使用方便，只要是會汙染環境的東西我一律拒絕購買。

比較

● としても

即使…，也…、就算…，也…

接續方法 {名詞だ；形容動詞詞幹だ；[形容詞・動詞] 普通形}＋と
しても

意 思

【逆接條件】表示假設前項是事實或成立，後項也不會起有效的
作用，或者後項的結果，與前項的預期相反。相當於「その場合で
も」。

例文 a

みんなで力を合わせたとしても、彼に勝つことはでき
ない。

就算大家聯手，也沒辦法贏他。

◆ 比較說明 ◆

「たとえ〜ても」表逆接條件，表示即使前項發生屬實，後項還是
會成立。是一種讓步條件。表示說話者的肯定語氣或是決心；「と
しても」也表逆接條件，表示前項成立，說話人的立場、想法及情
況也不會改變。後項多為消極否定的內容。

たとえ〜ても【逆接條件】

例文A

としても【逆接條件】

例文a

3 （た）ところ
…，結果…

接續方法 {動詞た形}＋ところ

意思1

【順接】 這是一種順接的用法，表示因某種目的去作某一動作，但在偶然的契機下得到後項的結果。前後出現的事情，沒有直接的因果關係，後項經常是出乎意料之外的客觀事實。相當於「～した結果」。中文意思是：「…，結果…」。

例文A

Ａ社に注文したところ、すぐに商品が届いた。

向Ａ公司下訂單後，商品立刻送達了。

比較

● たら
要是…、如果要是…了、…了的話

接續方法 {[名詞・形容詞・形容動詞・動詞]た形}＋ら

意 思

【條件】 表示假定條件，當實現前面的情況時，後面的情況就會實現，但前項會不會成立，實際上還不知道。或表示契機，表示確定條件，知道前項一定會成立，以其為契機做後項。

例文a

いい天気だったら、富士山が見えます。

要是天氣好，就可以看到富士山。

◆ 比較說明 ◆

「（た）ところ」表順接，表示做了前項動作後，但在偶然的契機下發生了後項的事情；「たら」表條件，表示如果在前項成立的條件下，後項也就會成立。也表示說話人完成前項動作後，有了後項的新發現，或以此為契機，發生了後項的新事物。

（た）ところ【順接】

例文A

たら【條件】

例文a

4 てからでないと、てからでなければ
不…就不能…、不…之後，不能…、…之前，不…

接續方法 {動詞て形}＋てからでないと、てからでなければ

意思1

【條件】表示如果不先做前項，就不能做後項，表示實現某事必需
具備的條件。後項大多為困難、不可能等意思的句子。相當於「～
した後でなければ」。中文意思是：「不…就不能…、不…之後，不
能…、…之前，不…」。

例文A

「一緒に帰りませんか。」「この仕事が終わってからで
ないと帰れないんです。」

「要不要一起回去？」「我得忙完這件工作才能回去。」

比較

● から（に）は
既然…、既然…，就…

接續方法 {動詞普通形}＋から（に）は

意思

【理由】表示既然到了這種情況，後面就要「貫徹到底」的説法，
因此後句常是説話人的判斷、決心及命令等，一般用於書面上，相
當於「のなら、以上は」。

教師になったからには、生徒一人一人をしっかり育て
たい。

既然當了老師，當然就想要把學生一個個都確實教好。

◆ 比較說明 ◆

「てからでないと」表條件，表示必須先做前項動作，才能接著做
後項動作；「からには」表理由，表示事情演變至此，就要順應這
件事情。含有抱持做某事，堅持到最後的決心或意志。

てからでないと【條件】　　例文A

からには【理由】　　例文 a

5 ようなら、ようだったら
如果…、要是…

接續方法 {名詞の；形容動詞な；[動詞・形容詞]辭書形}＋ようなら、
ようだったら

意思1

【條件】表示在某個假設的情況下，說話者要採取某個行動，或是
請對方採取某個行動。中文意思是：「如果…、要是…」。

例文A

明日、雨のようならお祭りは中止です。

明天如果下雨，祭典就取消舉行。

● ようでは
如果…的話…

接續方法 {動詞辭書形；動詞否定形}＋ようでは

意 思

【假設】表示假設條件，並且在這個條件下，發生了後項跟期望相法的消極、不如意的事實。

例文 a

こんな質問をするようでは、まだまだ修行が足りない。

如果提出這種問題的話，表示你學習還不夠。

◆ 比較說明 ◆

「ようなら」表條件，表示在某個假設的情況下，說話者要採取某個行動，或是請對方採取某個行動；「ようでは」表假設。後項一般是伴隨著跟期望相反的事物，或負面評價的說法。一般用在譴責或批評他人，希望對方能改正。

6 たら、だったら、かったら
要是…、如果…

接續方法 {動詞た形}＋たら；{名詞・形容詞詞幹}＋だったら；{形容詞た形}＋かったら

【假定條件】前項是不可能實現，或是與事實、現況相反的事物，後面接上說話者的情感表現，有感嘆、惋惜的意思。中文意思是：「要是…、如果…」。

例文 A

もっと若かったら、田舎で農業をやってみたい。

如果我更年輕一點，真想嘗試在鄉下務農。

比較

● と

要…就好了…

接續方法 {動詞普通形}＋と

意思

【反事實假設】表示與事實相反的假設。

例文 a

君は、もっと意見を言えるといいのに。

你如果能再多說一些想法就好了。

◆ 比較說明 ◆

「たら」表假定條件，表示假如前項有成立，就以它為一個契機去做後項的行為；「と」表反事實假設，表示前項提出一個跟事實相反假設，後項再敘述對無法實現那一假設感到遺憾。句尾大多是「のに、けれど」等表現方式。

7 とすれば、としたら、とする
如果…、如果…的話、假如…的話

接續方法 {名詞だ；形容動詞詞幹だ；[形容詞・動詞]普通形}＋と
すれば、としたら、とする

意思1

【假定條件】在認清現況或得來的信息的前提條件下，據此條件
進行判斷，後項大多為推測、判斷或疑問的內容。一般為主觀性的
評價或判斷。相當於「～と仮定したら」。中文意思是：「如果…、
如果…的話、假如…的話」。

例文A

明日うちに来るとしたら、何時ごろになりますか。

如果您預定明天來寒舍，請問大約幾點光臨呢？

比較

● たら
要是…、如果要是…了、…了的話

接續方法 {[名詞・形容詞・形容動詞・動詞]た形}＋ら

意思

【條件】表示假定條件，當實現前面的情況時，後面的情況就會實
現，但前項會不會成立，實際上還不知道。

例文a

一億円あったら、マンションを買います。

要是有一億日圓的話，我就買一間公寓房子。

◆ 比較說明 ◆

「としたら」表假定條件。是假定用法，表示前項如果成立，說話
者就依照前項這個條件來進行判斷；「たら」表條件，表示如果前
項成真，後項也會跟著實現。

としたら【假定條件】	たら【條件】
例文A	例文a

🎧 **Track 091**

8 ばよかった
…就好了；沒（不）…就好了

接續方法 {動詞假定形}＋ばよかった；{動詞否定形（去い）}＋なければよかった

意思1

【反事實條件】 表示說話者為自己沒有做前項的事而感到後悔，覺得要是做了就好了，含有對於過去事物的惋惜、感慨，並帶有後悔的心情。中文意思是：「…就好了」。

例文A

もっと早くやればよかった。

要是早點做就好了。

補 充

『**否定－後悔**』以「なければよかった」的形式，表示對已做的事感到後悔，覺得不應該。中文意思是：「沒（不）…就好了」。

例 文

あんなこと言わなければよかった。

真後悔不該說那句話的。

● なら

如果…就…

接續方法 {名詞；形容動詞詞幹；[動詞・形容詞]辭書形}＋なら

意　思

【條件】表示接受了對方所説的事情、狀態、情況後，説話人提出了意見、勸告、意志、請求等。

例文 a

悪かったと思うなら、謝りなさい。

假如覺得自己做錯了，那就道歉！

◆ 比較説明 ◆

「ばよかった」表反事實條件，表示説話人因沒有做前項的事而感到後悔。説話人覺得要是做了就好了，帶有後悔的心情；「なら」表條件。承接對方的話題或説過的話，在後項把有關的談話，以建議、意見、意志的方式進行下去。

実力テスト

做對了，往 😊 走，做錯了往 ✖ 走。

次の文の＿＿＿＿にはどんな言葉を入れたらよいか。1・2 から最も適当なものをひとつ選びなさい。

實力測驗

Q 哪一個是正確的？

1 手続き（　　）、誰でも入学できます。

1. さえすれば　2. こそ

2 （　　）、私は平気だ。

1. たとえ何を言われても
2. 何を言われたら

譯
1. たとえ何を言われても：即使被說什麼也…
2. 何を言われたら：要是被說什麼…

譯
1. さえすれば：只要…（就）…
2. こそ：正是…

3 思い切って頼んでみ（　　）、OKが出ました。

1. たところ　2. てもらいたい

譯
1. たところ：…，結果…
2. てもらいたい：想請你…

4 準備体操をし（　　）、プールには入れません。

1. てからでないと
2. たからには

譯
1. てからでないと：不…就不能…
2. たからには：既然…

5 資格を（　　）、看護士の免許がいい。

1. 取ったら　2. 取るとしたら

譯
1. 取ったら：要是取得的話…
2. 取るとしたら：如果取得的話…

6 明日になっても痛い（　　）、お医者さんに行こう。

1. ようなら　2. だったら

譯
1. ようなら：如果…
2. だったら：如果…

7 雨だ、傘を持って（　　）。

1. くればよかった
2. くるつもりだ

譯
1. くれば…よかった：如果…來的話就好了
2. くるつもりだ：打算…來

Chapter 12

★★★★★

規定、慣例、慣習、方法

1 ことに（と）なっている
2 ことにしている
3 ようになっている
4 ようが（も）ない

1 ことに（と）なっている

按規定…、預定…、將…

接續方法 {動詞辭書形；動詞否定形}＋ことに（と）なっている

意思1

【約定】表示結果或定論等的存續。表示客觀做出某種安排，像是約定或約束人們生活行為的各種規定、法律以及一些慣例。也就是「ことになる」所表示的結果、結論的持續存在。中文意思是：「按規定…、預定…、將…」。

例文A

にゅうしゃ さい けんこうしんだん う
入社の際には、健康診断を受けていただくことになっています。

進入本公司上班時，必須接受健康檢查。

比較

● ことにしている

都…、向來…

接續方法 {動詞普通形}＋ことにしている

意思

【習慣】表示個人根據某種決心，而形成的某種習慣、方針或規矩。翻譯上可以比較靈活。

自分は毎日12時間、働くことにしている。
じ ぶん まいにち じ かん はたら

我每天都會工作十二個小時。

◆ 比較說明 ◆

「ことになっている」表約定，用來表示是某個團體或組織做出決定，跟自己主觀意志沒有關係；「ことにしている」表習慣，表示說話者根據自己的意志，刻意地去養成某種習慣、規矩。

♩ Track 093

2 ことにしている
都…、向來…

接續方法 {動詞普通形}＋ことにしている

意思1

【習慣等變化】表示個人根據某種決心，而形成的某種習慣、方針或規矩。也就是從「ことにする」的決心、決定，最後所形成的一種習慣。翻譯上可以比較靈活。中文意思是：「都…、向來…」。

例文A

一年に一度は田舎に帰ることにしている。
いちねん いち ど いなか かえ

我每年都會回鄉下一趟。

● ことになる

（被）決定…

接續方法 {動詞辭書形；動詞否定形}＋ことになる

意 思

【決定】表示決定。指說話人以外的人、團體或組織等，客觀地做出了某些安排或決定。

例文 a

駅にエスカレーターをつけることになりました。

車站決定設置自動手扶梯。

◆ 比較說明 ◆

「ことにしている」表習慣等變化，表示說話者刻意地去養成某種習慣、規矩；「ことになる」表決定，表示一個安排或決定，而這件事一般來說不是說話者負責、主導的。

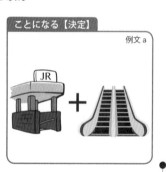

🎧 Track 094

3 ようになっている

(1)就會…；(2)會…

意思 1

【功能】{動詞辭書形}＋ようになっている。表示機器、電腦等，因為程式或設定等而具備的功能。中文意思是：「就會…」。

このトイレは手を出すと水が出るようになっています。

這間廁所的設備是只要伸出手，水龍頭就會自動給水。

意思2

【習慣等變化】{動詞辭書形；動詞可能形}＋ようになっている。是表示能力、狀態、行為等變化的「ようになる」，與表示動作持續的「ている」結合而成。中文意思是：「會…」。

例文B

去年の夏に生まれた甥は、いつの間にか歩けるように
なっている。

去年夏天出生的外甥，不知道什麼時候已經會走路了。

補充

〔變化的結果〕{名詞の；動詞辭書形}＋ようになっている。表示變化的結果。是表示比喻的「ようだ」，再加上表示動作持續的「ている」的應用。

例文

先生の家はいつも学生が泊っていて、食事付きのホテ
ルのようになっている。

老師家總有學生住在裡面，儼然成為供餐的旅館。

比較

● ようにする

争取做到…

接續方法 {動詞辭書形；動詞否定形} ＋ようにする

意思

【意志】表示説話人自己將前項的行為、狀況當作目標而努力，或是説話人建議聽話人採取某動作、行為時。

例文b

今日から毎日30分、ランニングをするようにします。

今天開始每天要跑步三十分鐘。

「ようになっている」表習慣等變化，表示某習慣以前沒有但現在有了，或能力的變化，以前不能，但現在有能力了。也表示未來的某行為是可能的；「ようにする」表意志，表示努力地把某行為變成習慣，這時用「ようにしている」的形式。

ようになっている【習慣等變化】

例文B

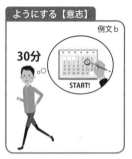

ようにする【意志】

例文b

30分

START!

🎧 Track 095

4 ようが（も）ない
沒辦法、無法…；不可能…

接續方法 {動詞ます形}＋ようが（も）ない

意思1

【沒辦法】表示不管用什麼方法都不可能，已經沒有辦法了，相當於「ことができない」。「よう」是接尾詞，表示方法。中文意思是：「沒辦法、無法…；不可能…」。

例文A

この時間の渋滞は避けようがない。
　　じかん　　じゅうたい　　さ

這個時段塞車是無法避免的。

補充

〖漢字＋（の）＋しようがない〗表示說話人確信某事態理應不可能發生，相當於「はずがない」。通常前面接的サ行變格動詞為雙漢字時，中間加不加「の」都可以。

こんな簡単な操作、失敗 (の) しようがない。

這麼簡單的操作，總不可能出錯吧。

比較

● より (ほか) ない、ほか (しかたが) ない

只有…、除了…之外沒有…

接續方法 {名詞；動詞辭書形}＋より (ほか) ない；{動詞辭書形}＋ほか (しかたが) ない

意 思

【讓步】後面伴隨著否定，表示這是唯一解決問題的辦法。

例文 a

停電か。テレビも見られないし、寝るよりほかしかたがないな。

停電了哦。既然連電視也沒得看，剩下能做的也只有睡覺了。

◆ 比較說明 ◆

「ようが (も)ない」表沒辦法，表示束手無策，一點辦法也沒有；「よりしかたがない」表讓步，表示沒有其他的辦法了，只能採取前項行為。

ようが (も) ない【沒辦法】
例文 A

よりしかたがない【讓步】
例文 a

12 実力テスト 做對了，往😊走，做錯了往❌走。

次の文の＿＿＿＿にはどんな言葉を入れたらよいか。1・2から最も適当なものをひとつ選びなさい。

實力測驗

Q 哪一個是正確的？

1 仕事が忙しいときも、休日は家でゆったりと過ごす（　　）。
1. ことにしている
2. ことになる

譯
1. ことにしている：向來…
2. ことになる：決定…

2 書類には、生年月日を書く（　　）。
1. ことにしている
2. ことになっている

譯
1. ことにしている：向來…
2. ことになっている：按規定…

3 日本に住んで3年、今では日本語で夢を見る（　　）。
1. ようになった　2. ようにした

譯
1. ようになった：會…
2. ようにした：設法…

4 コンセントがないから、ＣＤを聞き（　　）。
1. ようがない
2. よりしかたがない

譯
1. ようがない：無法…
2. よりしかたがない：只有…

5 正月はスキーに行く（　　）が、風邪をひいてしまった。
1. 一方だ　　2. ことにしていた

譯
1. 一方だ：一直…
2. ことにしていた：向來…

6 済んだことは、今更どうし（　　）。
1. ようになっている
2. ようもない

譯
1. ようになっている：會…
2. ようもない：無法…

答案： (1) 1　(2) 2　(3) 1
　　　　(4) 1　(5) 2　(6) 2

並列、添加、列挙

1 とともに
2 ついでに
3 にくわえ（て）
4 ばかりか、ばかりでなく

5 はもちろん、はもとより
6 ような
7 をはじめ（とする、として）

★ ★ ★ ★ ★

🎧 **Track 096**

1 とともに
(1)與…同時，也…；(2)和…一起；(3)隨著…

接續方法 {名詞；動詞辭書形}＋とともに

意思 1

【同時】表示後項的動作或變化，跟著前項同時進行或發生，相當於「と一緒に、と同時に」。中文意思是：「與…同時，也…」。

例文 A

食事に気をつけるとともに、軽い運動をすることも大切です。

不僅要注意飲食內容，做些輕度運動也同樣重要。

意思 2

【並列】表示與某人等一起進行某行為，相當於「と一緒に」。中文意思是：「和…一起」。

例文 B

これからの人生をあなたと共に歩いて行きたい。

我想和你共度餘生。

意思 3

【相關關係】表示後項變化隨著前項一同變化。中文意思是：「隨著…」。

例文 C

国の発展と共に、国民の生活も豊かになった。

隨著國家的發展，國民的生活也變得富足了。

比較

● にともなって、にともない、にともなう

伴隨著…、隨著…

接續方法 {名詞；動詞普通形} ＋に伴って、に伴い、に伴う

意 思

【平行】表示隨著前項事物的變化而進展，相當於「とともに」、「につれて」。

例文 c

牧畜業が盛んになるに伴って、村は豊かになった。

伴隨著畜牧業的興盛，村子也繁榮起來了。

◆ 比較說明 ◆

「とともに」表相關關係，表示後項變化隨著前項一同變化；「にともなって」表平行，表示隨著前項的進行，後項也有所進展或產生變化。

ともに【相關關係】
例文 C

にともなって【平行】
例文 c

2 ついでに
順便…、順手…、就便…

接続方法 {名詞の；動詞普通形}＋ついでに

意思1

【附加】表示做某一主要的事情的同時，再追加順便做其他件事情，後者通常是附加行為，輕而易舉的小事，相當於「～の機会を利用して～をする」。中文意思是：「順便…、順手…、就便…」。

例文A

おおさか しゅっちょう きょうと こうよう み
大阪へ出張したついでに、京都の紅葉を見てきた。

到大阪出差時，順路去了京都賞楓。

比較

● にくわえて、にくわえ

而且…、加上…、添加…

接続方法 {名詞}＋に加えて、に加え

意思

【附加】表示在現有前項的事物上，再加上後項類似的別的事物。相當於「だけでなく～も」。

例文a

しょどう くわ かどう なら
書道に加えて、華道も習っている。

學習書法以外，也學習插花。

◆ 比較說明 ◆

「ついでに」表附加，表示在做某件事的同時，因為天時地利人和，剛好做了其他事情；「にくわえて」也表附加，表示不只是前面的事物，再加上後面的事物。

ついでに【附加】 例文A

にくわえて【附加】 例文a

3 にくわえ（て）
而且…、加上…、添加…

接續方法 {名詞}＋に加え（て）

意思1

【附加】表示在現有前項的事物上，再加上後項類似的別的事物。有時是補充某種性質、有時是強調某種狀態和性質。後項常接「も」。相當於「だけでなく～も」。中文意思是：「而且…、加上…、添加…」。

例文A

毎日の仕事に加えて、来月の会議の準備もしなければならない。

除了每天的工作項目，還得準備下個月的會議才行。

比較

• にくらべて、にくらべ
與…相比、跟…比較起來、比較…

接續方法 {名詞}＋に比べて、に比べ

意思

【基準】表示比較、對照。相當於「に比較して」。

例文 a

今年は去年に比べて雨の量が多い。

今年比去年雨量豐沛。

◆ 比較說明 ◆

「にくわえて」表附加，表示某事態到此並沒有結束，除了前項，要
再添加上後項；「にくらべて」表基準，表示比較兩個事物，前項
是比較的基準。

にくわえて【附加】	にくらべて【基準】
例文A	例文a

🎧 Track 099

---

4 ばかりか、ばかりでなく

(1)不要…最好…；(2)豈止…，連…也…、不僅…而且…

接續方法 {名詞；形容動詞詞幹な；[形容詞・動詞]普通形}＋ばか
りか、ばかりでなく

意思1

【建議】「ばかりでなく」也用在忠告、建議、委託的表現上。中
文意思是：「不要…最好…」。

例文A

肉ばかりでなく、野菜もたくさん食べるようにしてください。

不要光吃肉，最好也多吃些蔬菜。

意思2

【附加】表示除了前項的情況之外，還有後項的情況，褒意貶意都可以用。「ばかりか」含有說話人吃驚或感嘆等心情。語意跟「だけでなく～も～」相同，後項也常會出現「も、さえ」等詞。中文意思是：「豈止…，連…也…、不僅…而且…」。

例文B

この靴はおしゃれなばかりでなく、軽くて歩き易い。

這雙鞋不但好看，而且又輕，走起來健步如飛。

比較

● どころか
不但…反而…

接續方法 {名詞；形容動詞詞幹な；[形容詞・動詞] 普通形}＋どころか

意 思

【反預料】表示事實結果與預想內容相反。

例文b

「頑張れ」と言われて、嬉しいどころかストレスになった。

聽到這句「加油」，別說高興，根本成了壓力。

◆ 比較說明 ◆

「ばかりか」表附加，表示不光是前項，連後項也是，而後項的程度比前項來得高；「どころか」表反預料，表示後項內容跟預期相反。先否定了前項，並提出程度更深的後項。

5 はもちろん、はもとより
不僅…而且…、…不用說，…也…

接續方法 {名詞}＋はもちろん、はもとより

意思 1

【附加】表示一般程度的前項自然不用説，就連程度較高的後項也不例外，後項是強調不僅如此的新信息。相當於「～は言うまでもなく～（も）」。中文意思是：「不僅…而且…、…不用説，…也…」。

例文 A

子育てはもちろん、料理も掃除も、妻と協力してやっています。

不單是帶孩子，還包括煮飯和打掃，我都和太太一起做。

補 充

〖禮貌體〗「はもとより」是種較生硬的表現。另外，「もとより」也有「本來、從一開始」的意思。

例 文

私が成功できたのは両親はもとより、これまでお世話になった方々のおかげです。

我能夠成功不僅必須歸功於父母，也要感謝在各方面照顧過我的各位。

比較

● にくわえて、にくわえ
而且…、加上…、添加…

接續方法 {名詞}＋に加えて、に加え

意思

【附加】表示在現有前項的事物上，再加上後項類似的別的事物。相當於「～だけでなく～も」。

電気代に加え、ガス代までもが値上がりした。

電費之外,就連瓦斯費也上漲了。

◆ 比較說明 ◆

「はもちろん」表附加,表示例舉前項是一般程度的,後項程度略高,不管是前項還是後項通通包含在內;「にくわえて」也表附加,表示除了前項,再加上後項,兩項的地位相等。

はもちろん【附加】
例文 A

にくわえて【附加】
例文 a

🎧 Track 101

6 ような

(1)像…之類的;(2)宛如…一樣的…;(3)感覺像…

意思1

【列舉】{名詞の}＋ような。表示列舉,為了說明後項的名詞,而在前項具體的舉出例子。中文意思是:「像…之類的」。

例文A

このマンションでは鳥や魚のような小さなペットなら飼うことができます。

如果是鳥或魚之類的小寵物,可以在這棟大廈裡飼養。

意思2

【比喻】{名詞の;動詞辭書形;動詞ている}＋ような。表示比喻。中文意思是:「宛如…一樣的…」。

高熱が何日も下がらず、死ぬような思いをした。

高燒好幾天都退不下來，還以為要死掉了。

意思 3

【判斷】{名詞の；形容動詞詞幹な；[形容詞・動詞]辭書形}＋ような気がする。表示説話人的感覺或主觀的判斷。中文意思是:「感覺像…」。

何か悪いことが起こるような気がする。

總覺得要發生不祥之事了。

比較

● らしい

像…樣子、有…風度

接續方法 {名詞；形容動詞詞幹；[形容詞・動詞]普通形}＋らしい

意 思

【樣子】表示充分反應出該事物的特徵或性質。也表示從眼前可觀察的事物等狀況，來進行判斷。

大石さんは、とても男らしい人です。

大石先生給人感覺很有男人味。

◆ 比較說明 ◆

「ような」表判斷，表示説話人的感覺或主觀的判斷；「らしい」表樣子，表示充分具有該事物應有的性質或樣貌，或是説話者根據眼前的事物進行客觀的推測。

ような【判斷】 例文 C

らしい【樣子】 例文 c

🎧 **Track 102**

7 をはじめ（とする、として）
以…為首、…以及…、…等等

接續方法 {名詞}＋をはじめ（とする、として）

意思1

【例示】表示由核心的人或物擴展到很廣的範圍。「を」前面是最具代表性的、核心的人或物。作用類似「などの、と」等。中文意思是：「以…為首、…以及…、…等等」。

例文A

札幌をはじめ、北海道には外国人観光客に人気の街がたくさんある。

包括札幌在內，北海道有許許多多廣受外國觀光客喜愛的城市。

比較

● をちゅうしんに（して）、をちゅうしんとして
以…為重點、以…為中心、圍繞著…

接續方法 {名詞}＋を中心に（して）、を中心として

意 思

【基準】表示前項是後項行為、狀態的中心。

例文a

点Aを中心に、円を描いてください。

請以A點為中心，畫一個圓圈。

176

「**をはじめ**」表例示，先舉出一個最具代表性的事物，後項再列舉出範圍更廣的同類事物。後項常出現表示「多數」之意的詞；「**をちゅうしんに**」表基準，表示前項是某事物、狀態、現象、行為範圍的中心位置，而這中心位置，具有重要的作用。

をはじめ【例示】 例文 A

をちゅうしんに【基準】 例文 a

MEMO

13 実力テスト

做對了，往 😊 走，做錯了往 ❌ 走。

次の文の＿＿＿＿にはどんな言葉を入れたらよいか。1・2から最も適当なものをひとつ選びなさい。

實力測驗
Q 哪一個是正確的？

1
彼は、失恋した（　　）、会社も首になってしまいました。
1. ついでに　　2. ばかりか

譯
1. ついでに：順便…
2. ばかりか：豈止…

2
私はイタリア人ですが、すきやき、てんぷら（　　）、納豆も大好きです。
1. はもちろん　2. に加えて

譯
1. はもちろん：不僅…而且…
2. に加えて：而且…

3
日本の近代には、夏目漱石（　　）、いろいろな作家がいます。
1. をはじめ　　2. を中心に

譯
1. をはじめ：以…為首
2. を中心に：以…為中心

4
安室奈美恵（　　）小顔になりたいです。
1. のような　　2. らしい

譯
1. のような：像…
2. らしい：有…的様子

5
今日は朝から大雨だった。雨（　　）、昼からは風も出てきた。
1. にわたって　2. に加えて

譯
1. にわたって：全部…
2. に加えて：加上…

6
彼の奥さんは、きれいな（　　）、料理もじょうずだ。
1. ばかりでなく　2. はんめん

譯
1. ばかりでなく：不僅…而且…
2. はんめん：一方面…、另一方面…

答案：(1) 2 (2) 1 (3) 1
　　　(4) 1 (5) 2 (6) 1

Chapter 14

★★★★★

比較、対比、逆接

1 くらいなら、ぐらいなら
2 というより
3 にくらべ(て)
4 わりに(は)
5 にしては
6 にたいして(は)、にたいし、にたいする

7 にはんし(て)、にはんする、にはんした
8 はんめん
9 としても
10 にしても
11 くせに
12 といっても

🎧 Track 103

1 くらいなら、ぐらいなら

與其…不如…、要是…還不如…

接續方法 {動詞普通形}＋くらいなら、ぐらいなら

意思1

【比較】 表示與其選前者，不如選後者，是一種對前者表示否定、厭惡的説法。常跟「ましだ」相呼應，「ましだ」表示兩方都不理想，但比較起來，還是某一方好一點。中文意思是：「與其…不如…、要是…還不如…」。

例文A

あいつに<ruby>謝<rt>あやま</rt></ruby>るくらいなら、<ruby>死<rt>し</rt></ruby>んだほうがましだ。

要我向那傢伙道歉，倒不如叫我死了算了！

比較

● から(に)は

既然…、既然…，就…

接續方法 {動詞普通形}＋から(に)は

意思

【理由】 表示既然到了這種情況，後面就要「貫徹到底」的説法，因此後句常是説話人的判斷、決心及命令等。

例文 a

オリンピックに<ruby>出<rt>で</rt></ruby>るからには、<ruby>金<rt>きん</rt></ruby>メダルを<ruby>目指<rt>め ざ</rt></ruby>す。

既然參加奧運，目標就是奪得金牌。

◆ 比較說明 ◆

「くらいなら」表比較，表示説話者寧可選擇後項也不要前項，表現出厭惡的感覺；「から（に）は」表理由，表示事情演變至此，就要順應這件事情，去進行後項的責任或義務。含有抱持某種決心或意志。

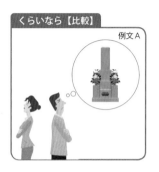

🎧 Track 104

2 というより
與其說…，還不如說…

接續方法 {名詞；形容動詞詞幹；[名詞・形容詞・形容動詞・動詞]普通形}＋というより

意思 1

【比較】 表示在相比較的情況下，後項的説法比前項更恰當，後項是對前項的修正、補充或否定，比直接、毫不留情加以否定的「ではなく」，説法還要婉轉。中文意思是：「與其説…，還不如説…」。

例文 A

この音楽は、気持ちが落ち着くというより、眠くなる。

這種音樂與其說使人心情平靜，更接近讓人昏昏欲睡。

比較

● くらい（ぐらい）～はない、ほど～はない

沒什麼是…、沒有…像…一樣、沒有…比…的了

接續方法 {名詞}＋くらい（ぐらい）＋{名詞}＋はない；{名詞}＋ほど＋{名詞}＋はない

【最上級】表示前項程度極高，別的東西都比不上，是「最⋯」的事物。

例文 a

富士山ぐらい美しい山はない。
<small>ふ じ さん</small> <small>うつく</small> <small>やま</small>

再沒有比富士山更美麗的山岳了！

◆ 比較說明 ◆

「というより」表比較，表示在相比較的情況下，與其說是前項，不如說後項更為合適；「ほど～はない」表最上級，表示程度比不上「ほど」前面的事物。強調說話人主觀地認為「ほど」前面的事物是最如何如何的。

というより【比較】

例文 A

ほど～はない【最上級】

例文 a

🎧 Track 105

3 にくらべ（て）
與⋯相比、跟⋯比較起來、比較⋯

接續方法 {名詞}＋に比べ（て）

意思 1

【比較基準】表示比較、對照兩個事物，以後項為基準，指出前項的程度如何的不同。也可以用「にくらべると」的形式。相當於「に比較して」。中文意思是：「與⋯相比、跟⋯比較起來、比較⋯」。

例文 A

女性は男性に比べて我慢強いと言われている。
<small>じょせい</small> <small>だんせい</small> <small>くら</small> <small>が まんづよ</small> <small>い</small>

一般而言，女性的忍耐力比男性強。

比較

● にたいして (は)、にたいし、にたいする

向…、對 (於)…

接續方法 {名詞}＋に対して (は)、に対し、に対する

意思

【對象】表示動作、感情施予的對象，有時候可以置換成「に」。

例文 a

この問題に対して、意見を述べてください。

請針對這問題提出意見。

◆ 比較說明 ◆

「にくらべ (て)」表比較基準。前項是比較的基準。「にたいして」
表對象。後項多是針對這個對象而有的態度、行為或作用等，帶給
這個對象一些影響。

4 わりに (は)

（比較起來）雖然…但是…、但是相對之下還算…、可是…

接續方法 {名詞の；形容動詞詞幹な；[形容詞・動詞] 普通形}＋わ
りに (は)

意思1

【比較】表示結果跟前項條件不成比例、有出入或不相稱，結果劣
於或好於應有程度，相當於「のに、にしては」。中文意思是：「（比
較起來）雖然…但是…、但是相對之下還算…、可是…」。

３<ruby>年<rt>ねん</rt></ruby>も<ruby>留学<rt>りゅうがく</rt></ruby>していたわりには<ruby>喋<rt>しゃべ</rt></ruby>れないね。

都已經留學三年了，卻還是沒辦法開口交談哦？

比較

● として、としては

以…身份、作為…；如果是…的話、對…來說

接續方法 {名詞}＋として、としては

意 思

【立場】「として」接在名詞後面，表示身份、地位、資格、立場、種類、名目、作用等。有格助詞作用。

例文a

<ruby>専門家<rt>せんもんか</rt></ruby>として、<ruby>一言<rt>ひとこと</rt></ruby><ruby>意見<rt>いけん</rt></ruby>を<ruby>述<rt>の</rt></ruby>べたいと<ruby>思<rt>おも</rt></ruby>います。

我想以專家的身份，說一下我的意見。

◆ 比較說明 ◆

「わりに（は）」表比較，表示某事物不如前項這個一般基準一般好或壞；「として」表立場，表示以某種身分、資格、地位來做後項的動作。

わりに（は）【比較】　例文A

として【立場】　例文a

🎧 Track 107

5 にしては

照…來說…、就…而言算是…、從…這一點來說，算是…的、作為…，相對來說…

接續方法 {名詞；形容動詞詞幹；動詞普通形}＋にしては

【與預料不同】表示現實的情況，跟前項提的標準相差很大，後項結果跟前項預想的相反或出入很大。含有疑問、諷刺、責難、讚賞的語氣。相當於「割には」。中文意思是：「照…來說…、就…而言算是…、從…這一點來說，算是…的、作為…，相對來說…」。

例文A

一生懸命やったにしては、結果がよくない。

相較於竭盡全力的過程，結果並不理想。

比較

● わりに（は）

（比較起來）雖然…但是…、但是相對之下還算…、 可是…

接續方法 {名詞の；形容動詞詞幹な；[形容詞・動詞] 普通形}＋わりに（は）

意思

【比較】表示結果跟前項條件不成比例、有出入或不相稱，結果劣於或好於應有程度，相當於「のに」、「にしては」。

例文a

この国は、熱帯のわりには過ごしやすい。

這個國家雖處熱帶，但住起來算是舒適的。

◆ 比較說明 ◆

「にしては」表與預料不同，表示評價的標準。表示後項的現實狀況，與前項敘述不符；「わりに（は）」表比較，表示比較的基準。按照常識來比較，後項跟前項不成比例、不協調、有出入。

6 にたいして（は）、にたいし、にたいする
(1)和…相比；(2)向…、對（於）…

接續方法 {名詞}＋に対して（は）、に対し、に対する

意思1

【對比】用於表示對立，指出相較於某個事態，有另一種不同的情況，也就是對比某一事物的兩種對立的情況。中文意思是：「和…相比」。

例文A

息子が本が好きなのに対し、娘は運動が得意だ。

不同於兒子喜歡閱讀，女兒擅長的是運動。

意思2

【對象】表示動作、感情施予的對象，接在人、話題或主題等詞後面，表明對某對象產生直接作用。後接名詞時以「にたいするN」的形式表現。有時候可以置換成「に」。中文意思是：「向…、對（於）…」。

例文B

この事件の陰には、若者の社会に対する不満がある。

這起事件的背後，透露出年輕人對社會的不滿。

比較

• について（は）、につき、についても、についての
有關…、就…、關於…

接續方法 {名詞}＋について（は）、につき、についても、についての

意思

【對象】表示前項先提出一個話題，後項就針對這個話題進行說明。

例文b

あの会社のサービスは、使用料金についても明確なので、安心して利用できます。

那家公司的服務使用費標示也很明確，因此可以放心使用。

「にたいして（は）」表對象，表示動作針對的對象。也表示前項的內容跟後項的內容是相反的兩個方面；「について（は）」也表對象，表示以前接名詞為主題，進行書寫、討論、發表、提問、說明等動作。

にたいして（は）【對象】

例文B

について（は）【對象】

例文b

🎧 Track 109

7 にはんし（て）、にはんする、にはんした

與…相反…

接續方法 {名詞}＋に反し（て）、に反する、に反した

意思1

【對比】接「期待（期待）、予想（預測）」等詞後面，表示後項的結果，跟前項所預料的相反，形成對比的關係。相當於「て～とは反対に、に背いて」。中文意思是：「與…相反…」。

例文A

しんせいひん　う　あ　　　　　よそく　はん　　けっか
新製品の売り上げは、予測に反する結果となった。

新產品的銷售狀況截然不同於預期。

比較

● にひきかえ～は

與…相反、和…比起來、相較起…、反而…

接續方法 {名詞（な）；形容動詞詞幹な；[形容詞・動詞]普通形}＋（の）にひきかえ

【對比】比較兩個相反或差異性很大的事物。含有說話人個人主觀的看法。書面用語。跟站在客觀的立場，冷靜地將前後兩個對比的事物進行比較「に対して」比起來，「にひきかえ」是站在主觀的立場。

例文 a

彼の動揺振りにひきかえ、彼女は冷静そのものだ。

和慌張的他比起來，她就相當冷靜。

◆ 比較說明 ◆

「にはんして」常接「予想、期待、予測、意思、命令、願い」等詞，表對比，表示和前項所預料是相反的；「にひきかえ〜は」也表對比，比較前後兩個對照性的人或事，表示後項敘述的事物跟前項的狀態、情況，完全不同。

にはんして【對比】

例文 A

にひきかえ〜は【對比】

例文 a

🎧 Track 110

8 はんめん
另一面…、另一方面…

接續方法 {[形容詞・動詞]辭書形}＋反面;{[名詞・形容動詞詞幹な]である}＋反面

意思1

【對比】表示同一種事物，同時兼具兩種不同性格的兩個方面。除了前項的一個事項外，還有後項的相反的一個事項。前項一般為醒目或表面的事情，後項一般指出其難以注意或內在的事情。相當於「である一方」。中文意思是:「另一面…、另一方面…」。

父は厳しい親である反面、私の最大の理解者でもあった。

爸爸雖然很嚴格，但從另一個角度來說，也是最了解我的人。

比較

● いっぽう（で）

一方面…而另一方面卻…

接續方法 {動詞辭書形}＋一方（で）

意思

【對比】表示同一主語有兩個對比的側面。

例文a

今の若者は、親を軽視している一方で、親に頼っている。

現在的年輕人，瞧不起父母的同時，但卻又很依賴父母。

◆ 比較說明 ◆

「はんめん」表對比，表示在同一個人事物中，有前項和後項這兩種相反的情況、性格、方面；「いっぽう（で）」也表對比。可以表示同一主語有兩個對比的情況，也表示同一主語有不同的方面。

はんめん【對比】	いっぽう（で）【對比】
例文A	例文a

9 としても
即使…，也…、就算…，也…

接續方法 {名詞だ；形容動詞詞幹だ；[形容詞・動詞]普通形}＋としても

意思1

【逆接假定條件】 表示假設前項是事實或成立，後項也不會起有效的作用，或者後項的結果，與前項的預期相反。後項大多為否定、消極的內容。一般用在說話人的主張跟意見上。相當於「その場合でも」。中文意思是：「即使…，也…、就算…，也…」。

例文A

君の言ったことは、冗談だとしても、許されないよ。

你說出來的話，就算是開玩笑也不可原諒！

比較

● とすれば、としたら、とする
如果…、如果…的話、假如…的話

接續方法 {名詞だ；形容動詞詞幹だ；[形容詞・動詞]普通形}＋とすれば、としたら、とする

意思

【順接假定條件】 在認清現況或得來的信息的前提條件下，據此條件進行判斷，相當於「～と仮定したら」。

例文a

川田大学でも難しいとしたら、山本大学なんて当然無理だ。

既然川田大學都不太有機會考上了，那麼山本大學當然更不可能了。

◆ 比較說明 ◆

「としても」表逆接假定條件，表示就算前項成立，也不能替後項帶來什麼影響；「としたら」表順接假定條件。表示單純地進行跟事實相反的假定。

としても【逆接假定條件】 例文A

としたら【順接假定條件】 例文a

10 にしても
就算…，也…、即使…，也…

接續方法 {名詞；[形容詞・動詞]普通形}＋にしても

意思1

【逆接讓步】 表示讓步關係，退一步承認前項條件，並在後項中敘述跟前項矛盾的內容。前接人物名詞的時候，表示站在別人的立場推測別人的想法。相當於「も、としても」。中文意思是：「就算…，也…、即使…，也…」。

例文A

おいしくないにしても、体のために食べたほうがいい。

即使難吃，為了健康著想，還是吃下去比較好。

比較

● としても
即使…，也…、就算…，也…

接續方法 {名詞だ；形容動詞詞幹だ；[形容詞・動詞]普通形}＋としても

意思

【逆接條件】 表示假設前項是事實或成立，後項也不會起有效的作用，或者後項的結果，與前項的預期相反。相當於「その場合でも」。

例文 a

体が丈夫だとしても、インフルエンザには注意しなければならない。

就算身體硬朗，也應該要提防流行性感冒。

◆ 比較説明 ◆

「にしても」表逆接讓步，表示假設退一步承認前項的事態，其內容也是不能理解、允許的；「としても」表逆接條件，表示雖説前項是事實，但也不能因此去做後項的動作。

🎧 Track 113

11 くせに
雖然…，可是…、…，卻…

接續方法 {名詞の；形容動詞詞幹な；[形容詞・動詞]普通形}＋くせに

意思 1

【逆接讓步】表示逆態接續。用來表示根據前項的條件，出現後項讓人覺得可笑的、不相稱的情況。全句帶有譴責、抱怨、反駁、不滿、輕蔑的語氣。批評的語氣比「のに」更重，較為口語。中文意思是：「雖然…，可是…、…，卻…」。

例文 A

自分では何もしないくせに、文句ばかり言うな。

既然自己什麼都不做，就別滿嘴抱怨！

● のに

雖然…、可是…

接續方法 {[名詞・形容動詞]な；[動詞・形容詞]普通形}＋のに

意思

【逆接】 表示逆接，用於後項結果違反前項的期待，含有說話者驚訝、懷疑、不滿、惋惜等語氣。

例文 a

眠いのに、羊を100匹まで数えても眠れない。

明明很睏，但是數羊都數到一百隻了，還是睡不著。

◆ 比較說明 ◆

「くせに」表逆接讓步，表示後項結果和前項的條件不符，帶有說話人不屑、不滿、責備等負面語氣；「のに」表逆接，表示後項的結果和預想的相背，帶有說話人不滿、責備、遺憾、意外、疑問的心情。

🎧 **Track 114**

12 といっても

雖說…，但…、雖說…，也並不是很…

接續方法 {名詞；形容動詞詞幹；[名詞・形容詞・形容動詞・動詞]普通形}＋といっても

【逆接】表示承認前項的説法，但同時在後項做部分的修正，或限制的內容，説明實際上程度沒有那麼嚴重。後項多是説話者的判斷。中文意思是：「雖説…，但…、雖説…，也並不是很…」。

例文A

留学（りゅうがく）といっても３か月（げつ）だけです。

說好聽的是留學，其實也只去了三個月。

補　充

〔複雜〕表示簡單地歸納了前項，在後項説明實際上程度更複雜。

例　文

この機械（きかい）は安全（あんぜん）です。安全（あんぜん）といっても、使（つか）い方（かた）を守（まも）ることが必要（ひつよう）ですが。

這台機器很安全。不過雖說安全，仍然必須遵守正確的使用方式。

比較

● にしても

就算…，也…、即使…，也…

接續方法｛名詞；[形容詞・動詞]普通形｝＋にしても

意　思

【讓步】表示讓步關係，退一步承認前項條件，並在後項中敘述跟前項矛盾的內容。前接人物名詞的時候，表示站在別人的立場推測別人的想法。相當於「も、としても」。

例文a

テストの直前（ちょくぜん）にしても、全然休（ぜんぜんやす）まないのは体（からだ）に悪（わる）いと思（おも）います。

就算是考試當前，完全不休息對身體是不好的。

◆ 比較說明 ◆

「といっても」表逆接，説明實際上後項程度沒有那麼嚴重，或實際上後項比前項歸納的要複雜；「にしても」表讓步，表示即使假設承認前項的事態，並在後項中敘述的事情與預料的不同。

といっても【逆接】　例文A

にしても【譲歩】　例文a

MEMO

14 実力テスト

做對了，往😊走，做錯了往❌走。

次の文の＿＿＿にはどんな言葉を入れたらよいか。1・2から最も適当なものをひとつ選びなさい。

實力測驗

Q 哪一個是正確的？

---

1 彼は准教授の（　　）、教授になったと嘘をついた。

1. くせに　　　2. のに

譯 1. くせに：…，卻…
　　2. のに：明明…

---

2 あんな男と結婚する（　　）、一生独身の方がましだ。

1. ぐらいなら　2. からには

譯 1. ぐらいなら：與其…不如…
　　2. からには：既然…

---

3 冗談（　　）、言ってはいけないことがある。

1. くらいなら　2. だとしても

譯 1. くらいなら：與其…不如…
　　2. だとしても：即使…，也…

---

4 都会に（　　）、田舎は家賃が安い。

1. 比べ　　　2. 反面

譯 1. 比べ：與…相比
　　2. 反面：另一方面…

---

5 法律（　　）行為をしたら処罰されます。

1. に反する　　2. に比べて

譯 1. に反する：與…相反
　　2. に比べて：與…相比…

---

6 テストで100点をとった（　　）、母はほめてくれなかった。

1. のに　　　2. くせに

譯 1. のに：明明…
　　2. くせに：雖然…，可是…

---

7 上司にはへつらう（　　）、部下にはいばり散らす。

1. かわりに　　2. 反面

譯 1. かわりに：代替…
　　2. 反面：另一方面…

---

8 物理の点が悪かった（　　）、化学はまあまあだった。

1. わりには　　2. として

譯 1. わりには：但是相對之下還算…
　　2. として：作為…

答案：(1) 1 (2) 1 (3) 2
　　　(4) 1 (5) 1 (6) 1
　　　(7) 2 (8) 1

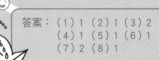

限定、強調

1 （っ）きり
2 しかない
3 だけしか
4 だけ（で）
5 こそ
6 など

7 などと（なんて）いう、などと（なんて）おもう
8 なんか、なんて
9 ものか

★ ★ ★ ★ ★

🎧 Track 115

1 （っ）きり
(1)只有…；全心全意地…；(2)自從…就一直…

意思 1

【限定】{名詞}＋（っ）きり。接在名詞後面，表示限定，也就是只有這些的範圍，除此之外沒有其它，相當於「だけ、しか～ない」。中文意思是：「只有…」。

例文 A

ちょっと二人きりで話したいことがあります。

有件事想找你單獨談一下。

補充

〚一直〛{動詞ます形}＋（っ）きり。表示不做別的事，全心全意做某一件事。中文意思是：「全心全意地…」。

例文

手術の後は、妻に付きっきりで世話をしました。

動完手術後，就全心全意地待在妻子身旁照顧她了。

意思 2

【不變化】{動詞た形；これ、それ、あれ}＋（っ）きり。表示自此以後，便未發生某事態，後面常接否定。中文意思是：「自從…就一直…」。

例文B

かのじょ ねんまえ わか いち ど あ
彼女とは3年前に別れて、それきり一度も会っていません。

自從和她在三年前分手後，連一次面都沒見過。

比較

● っぱなしで、っぱなしだ、っぱなしの
　　一直…、總是…

接続方法 {動詞ます形}＋っ放しで、っ放しだ、っ放しの

意　思

【持續】 表示相同的事情或狀態，一直持續著。

意思

例文b

わたし し ごと にちじゅう た ぱな
私の仕事は、1日中ほとんどずっと立ちっ放しです。

我的工作幾乎一整天都是站著的。

◆ **比較說明** ◆

「（っ）きり」表不變化，表示從此以後，就沒有發生某事態，後面
常接否定形；「っぱなしで」表持續，表示一直持續著相同的行為或
狀態，後面不接否定形。

2 しかない
只能…、只好…、只有…

接續方法 {動詞辭書形}＋しかない

意思 1

【限定】表示只有這唯一可行的，沒有別的選擇，或沒有其它的可能性，用法比「ほかない」還要廣，相當於「だけだ」。中文意思是：「只能…、只好…、只有…」。

例文 A

ひ こう き
飛行機が飛ばないなら、旅行は諦めるしかない。

既然飛機停飛，只好放棄旅行了。

比較

● ないわけにはいかない

不能不…、必須…

接續方法 {動詞否定形}＋ないわけにはいかない

意思

【義務】表示根據社會的理念、情理、一般常識或自己過去的經驗，不能不做某事，有做某事的義務。

例文 a

いや   ぜいきん   おさ
どんなに嫌でも、税金を納めないわけにはいかない。

任憑百般不願，也非得繳納稅金不可。

◆ 比較說明 ◆

「しかない」表限定，表示只剩下這個方法而已，只能採取這個行動；「ないわけにはいかない」表義務，表示基於常識或受限於某種社會的理念，不這樣做不行。

しかない【限定】

例文A

ないわけにはいかない【義務】

例文a

税金

3 だけしか

只…、…而已、僅僅…

接續方法 {名詞}+だけしか

意思1

【限定】 限定用法。下面接否定表現，表示除此之外就沒別的了。比起單獨用「だけ」或「しか」，兩者合用更多了強調的意味。中文意思是：「只…、…而已、僅僅…」。

例文A

テストは時間が足りなくて、半分だけしかできなかった。

考試時間不夠用，只答了一半而已。

比較

● だけ

只、僅僅

接續方法 {名詞（＋助詞）}+だけ；{名詞；形容動詞詞幹な}+だけ；{[形容詞・動詞]普通形}+だけ

意思

【限定】 表示只限於某範圍，除此以外沒有別的了。

例文 a

お<ruby>弁当<rt>べんとう</rt></ruby>は<ruby>一<rt>ひと</rt></ruby>つだけ<ruby>買<rt>か</rt></ruby>います。

只買一個便當。

◆ 比較說明 ◆

「だけしか」表限定。下面接否定表現，表示除此之外就沒別的了，強調的意味濃厚；「だけ」也表限定，表示某個範圍內就只有這樣而已。用在對人、事、物等加以限制或限定。

だけしか【限定】 例文 A

だけ【限定】 例文 a

🎧 Track 118

4 だけ (で)
光…就…；只是…、只不過…；只要…就…

接續方法 {名詞；形容動詞詞幹な；[形容詞・動詞]普通形}＋だけ (で)

意思 1

【限定】接在「考える (思考)、聞く (聽聞)、想像する (想像)」等詞後面時，表示不管有沒有實際體驗，都可以感受到。中文意思是：「光…就…」。

例文 A

<ruby>雑誌<rt>ざっし</rt></ruby>で<ruby>写真<rt>しゃしん</rt></ruby>を<ruby>見<rt>み</rt></ruby>ただけで、この<ruby>町<rt>まち</rt></ruby>が<ruby>大好<rt>だいす</rt></ruby>きになった。

單是在雜誌上看到照片，就愛上這座城鎮了。

補充 1

〖限定範圍〗表示除此之外，別無其它。中文意思是：「只是…、只不過…」。

この店の料理は、見た目がきれいなだけでおいしくない。

這家店的料理，只中看而不中吃。

補充2

〔程度低〕表示不需要其他辦法，只要最低程度的方法、人物等，就可以達成後項。「で」表示狀態。中文意思是：「只要…就…」。

例 文

こんな高価なものは頂けません。お気持ちだけ頂戴します。

如此貴重的禮物我不能收，您的好意我心領了。

比較

● しか～ない

只、僅僅

接續方法 {名詞（＋助詞）}＋しか～ない

意 思

【限定】「しか」下接否定，表示限定。 常帶有因不足而感到可惜、後悔或困擾的心情。

例文a

お弁当は一つしか売っていませんでした。

便當賣到只剩一個了。

◆ **比較說明** ◆

「だけ（で）」表限定，表示只需要最低程度的方法、地點、人物等，不需要其他辦法，就可以把事情辦好；「しか～ない」也表限定，是用來表示在某個範圍只有這樣而已，但通常帶有懊惱、可惜，還有強調數量少、程度輕等語氣，後面一定要接否定形。

🎧 **Track 119**

5 こそ

正是…、才（是）…；唯有…才…

意思 1

【強調】{名詞}＋こそ。表示特別強調某事物。中文意思是：「正是…、才（是）…」。

例文A

「よろしくお願（ねが）いします。」「こちらこそ、よろしく。」

「請多指教。」「我才該請您指教。」

補 充

〖結果得來不易〗{動詞て形}＋てこそ。表示只有當具備前項條件時，後面的事態才會成立。表示這樣做才能得到好的結果，才會有意義。後項一般是接續褒意，是得來不易的好結果。中文意思是：「唯有…才…」。

例 文

苦（くる）しいときに助（たす）け合（あ）ってこそ、本当（ほんとう）の友達（ともだち）ではないか。

在艱難的時刻互助合作，這才稱得上是真正的朋友，不是嗎？

● だけ

只、僅僅

接續方法 {名詞（＋助詞)}＋だけ；{名詞；形容動詞詞幹な}＋だけ；
{[形容詞・動詞]普通形}＋だけ

意思

【限定】表示只限於某範圍，除此以外沒有別的了。

例文 a

野菜は嫌いなので肉だけ食べます。
や　さい　　きら　　　　　　にく　　　　　　た

不喜歡吃蔬菜，所以光只吃肉。

◆ 比較說明 ◆

「こそ」表強調，用來特別強調前項；「だけ」表限定，用來限定前
項。對前項的人物、物品、事情、數量、程度等加以限制，表示在
某個範圍內僅僅如此而已。

🎧 Track 120

6 | など

怎麼會…、オ（不）…；竟是…

接續方法 {名詞（＋格助詞）；動詞て形；形容詞く形}＋など

意思1

【輕重的強調】表示加強否定的語氣。通過「など」對提示的事物，
表示厭惡、輕視、不值得一提、無聊、不屑等輕視的心情。口語是
的說法是「なんて」。中文意思是：「怎麼會…、オ（不）…、並（不）」。

ずっと一人^{ひとり}ですが、寂^{さび}しくなどありません。

雖然獨居多年，但我並不覺得寂寞。

補 充

〖**意外**〗也表示意外、懷疑的心情，語含難以想像、荒唐之意。中文意思是：「竟是…」。

例 文

これが離婚^{りこん}のきっかけになるなんて考^{かんが}えてもみなかった。

這竟是造成離婚的原因，真的連想都沒想到。

比較

● くらい（だ）、ぐらい（だ）

幾乎…、簡直…、甚至…；這麼一點點

接續方法 {名詞；形容動詞詞幹な；[形容詞・動詞] 普通形}＋くらい（だ）、ぐらい（だ）

意 思

【程度】用在為了進一步說明前句的動作或狀態的極端程度，舉出具體事例來，相當於「ほど」。也表示說話者舉出微不足道的事例，表示要達成此事易如反掌。

例文 a

この作業^{さぎょう}は、誰^{だれ}にでもできるくらい簡単^{かんたん}です。

這項作業簡單到不管是誰都會做。

◆ 比較說明 ◆

「など」表輕重的強調，表示加強否定的語氣。通過「など」對提示的事物，表示不值得一提、無聊、不屑等輕視的心情；「くらい」表程度，表示最低程度。前接讓人看輕，或沒什麼大不了的事物。

など【輕重的強調】 例文A

くらい【程度】 例文a

7 などと (なんて) いう、などと (なんて) おもう

(1)（説、想）什麼的；(2) 多麼…呀、居然…

接續方法 {[名詞・形容詞・形容動詞・動詞] 普通形}＋などと (なんて) 言う、などと (なんて) 思う

意思1

【輕重的強調】後面接與「言う、思う、考える」等相關動詞，説話人用輕視或意外的語氣，提出發言或思考的內容。中文意思是：「（説、想）什麼的」。

例文A

お母さんに向かってババアなんて言ったら許さないよ。

要是膽敢當面喊媽媽是老太婆，絕饒不了你喔！

意思2

【驚訝】表示前面的事，好得讓人感到驚訝，對預料之外的情況表示吃驚。含有讚嘆的語氣。中文意思是：「多麼…呀、居然…」。

例文B

10か国語もできるなんて、語学が得意なんだと思う。

居然通曉十國語言，我想可能在語言方面頗具長才吧。

● なんか、なんて

…什麼的

接續方法 {[名詞・形容詞・形容動詞・動詞]普通形}＋なんて

意 思

【輕視】表示對所提到的事物，帶有輕視的態度。

例文 b

アイドルに騒ぐなんて、全然理解できません。

看大家瘋迷偶像的舉動，我完全無法理解。

◆ 比較說明 ◆

「などと」表驚訝，前接發言或思考的內容，後接否定的表現，表示輕視、意外的語氣；「なんか」表輕視，如果後接否定句，就表示對所舉的例子，表示否定或輕蔑視。「などと」後面不可以接助詞，而「なんか」後面可以接助詞。「なんて」後面可以接名詞，而「なんか」後面不可以接名詞。

などと【驚訝】 例文 B

なんか【輕視】 例文 b

🎧 Track 122

8 なんか、なんて
(1) 連…都不…；(2) …之類的；(3) …什麼的

意思1

【強調否定】用「なんか～ない」的形式，表示對所舉的事物進行否定。有輕視、謙虛或意外的語氣。中文意思是：「連…都不…」。

仕事が忙しくて、旅行なんか行けない。

工作太忙，根本沒空旅行。

意思 2

【舉例】{名詞}＋なんか。表示從各種事物中例舉其一，語氣緩和，是一種避免斷言、委婉的説法。是比「など」還隨便的説法。中文意思是：「…之類的」。

例文 B

ノートなんかは近所のスーパーでも買えますよ。

筆記本之類的在附近超市也買得到喔。

意思 3

【輕視】{[名詞・形容詞・形容動詞・動詞] 普通形}＋なんて。表示對所提到的事物，認為是輕而易舉、無聊愚蠢的事，帶有輕視的態度。中文意思是：「…什麼的」。

例文 C

朝自分で起きられないなんて、君はいったい何歳だ。

什麼早上沒辦法自己起床？你到底幾歲了啊？

比較

● ことか

多麼…啊

接續方法 {疑問詞}＋{形容動詞詞幹な；[形容詞・動詞] 普通形}＋ことか

意思

【感慨】表示該事態的程度如此之大，大到沒辦法特定，含有非常感慨的心情，常用於書面，相當於「非常に〜だ」，前面常接疑問詞「どんなに（多麼）、どれだけ（多麼）、どれほど（多少）」等。

例文 c

あの人の妻になれたら、どれほど幸せなことか。

如果能夠成為那個人的妻子，不知道該是多麼幸福呢。

「なんか」表輕視，可以含有說話人對評價的對象，進行強調，含有輕視的語氣。也表示舉例；「ことか」表感慨，表示強調。表示程度深到無法想像的地步，是說話人強烈的感情表現方式。

なんか【輕視】

例文 C

ことか【感慨】

例文 C

🎧 Track 123

9 ものか
哪能…、怎麼會…呢、決不…、才不…呢

接續方法 {形容動詞詞幹な；[形容詞・動詞]辭書形}＋ものか

意思1

【強調否定】句尾聲調下降。表示強烈的否定情緒，指說話人強烈否定對方或周圍的意見，或是絕不做某事的決心。中文意思是：「哪能…、怎麼會…呢、決不…、才不…呢」。

例文A

あの海が美しいものか。ごみだらけだ。

那片海一點都不美，上面漂著一大堆垃圾呀！

補充1

〖禮貌體〗一般而言「ものか」為男性使用，女性通常用禮貌體的「ものですか」。

例文

あんな部長の下で働けるものですか。

我怎可能在那種經理的底下工作呢！

〖**口語**〗比較隨便的説法是「もんか」。

例文

こんな店、二度と来るもんか。

這種爛店，誰要光顧第二次！

比較

• もの、もん

因為…嘛

接續方法 {[名詞・形容動詞詞幹]んだ；[形容詞・動詞]普通形んだ}＋もの、もん

意思

【說明理由】助詞「もの」、「もん」接在句尾，多用在會話中，年輕女性或小孩子較常使用。「もの」主要為年輕女性或小孩使用，「もん」則男女都會使用。跟「だって」一起使用時，就有撒嬌的語感。

例文 a

運動はできません。だって退院したばかりだもの。

人家不能運動，因為剛出院嘛！

◆ 比較說明 ◆

「ものか」表強調否定，表示強烈的否定，帶有輕視或意志堅定的語感；「もの」表説明理由，帶有撒嬌、任性、不滿的語氣，多為女性或小孩使用，用在説話者針對理由進行辯解。

ものか【強調否定】　例文 A

もの【說明理由】　例文 a

次の文の_____にはどんな言葉を入れたらよいか。1・2から最も適当なものをひとつ選びなさい。

實力測驗
Q 哪一個是正確的？

1
転勤が嫌なら、（　　）。
1. やめるしかない
2. やめないわけにはいかない

譯
1. やめるしかない：只好辭職…
2. やめないわけにはいかない：不能辭職…

2
お茶は二つ買いますが、お弁当は一つ（　　）買います。
1. しか　　　2. だけ

譯
1. しか：僅僅
2. だけ：只

3
誤りを認めて（　　）、立派な指導者と言える
1. こそ　　　　2. だけ

譯
1. こそ：才是…
2. だけ：只…

4
あんなやつを、助けて（　　）やるもんか。
1. など　　　2. ほど

譯
1. など：才不…
2. ほど：那麼…

5
こんな日が来る（　　）、夢にも思わなかった。
1. なんか　　　2. なんて

譯
1. なんか：…之類的
2. なんて：竟然

6
時間がないから、旅行（　　）めったにできない。
1. なんか　　　2. ばかり

譯
1. なんか：連…都不…
2. ばかり：淨…

答案：(1) 1 (2) 2 (3) 1
(4) 1 (5) 2 (6) 1

許可、勧告、使役、敬語、伝聞

Chapter 16 ★★★★★

1　(さ)せてください、(さ)せてもらえますか、(さ)せてもらえませんか
2　ことだ
3　ことはない
4　べき(だ)
5　たらどうですか、たらどうでしょう(か)
6　てごらん
7　使役形＋もらう、くれる、いただく
8　って
9　とか
10　ということだ
11　んだって
12　って(いう)、とは、という(のは)(主題・名字)
13　ように(いう)
14　命令形＋と
15　てくれ

🎧 Track 124

1　(さ)せてください、(さ)せてもらえますか、(さ)せてもらえませんか

請讓…、能否允許…、可以讓…嗎？

接續方法 {動詞否定形(去ない)；サ變動詞詞幹}＋(さ)せてください、(さ)せてもらえますか、(さ)せてもらえませんか

意思1

【許可】「(さ)せてください」用在想做某件事情前，先請求對方的許可。「(さ)せてもらえますか、(さ)せてもらえませんか」表示徵詢對方的同意來做某件事情。以上三個句型的語氣都是客氣的。中文意思是：「請讓…、能否允許…、可以讓…嗎？」。

例文A

ぶ ちょう　　　　　　 し ごと　わたし
部長、その仕事は私にやらせてください。

部長，那件工作請交給我來做。

比較

● **てくださいませんか**

能不能請您…

接續方法 {動詞て形}＋くださいませんか

意 思

【客氣請求】跟「てください」一樣表示請求，但説法更有禮貌。由於請求的內容給對方負擔較大，因此有婉轉地詢問對方是否願意的語氣。也使用於向長輩等上位者請託的時候。

お名前を教えてくださいませんか。

能不能告訴我您的尊姓大名？

◆ 比較說明 ◆

「（さ）せてください」表許可，用在請求對方許可自己做某事；「てくださいませんか」表客氣請求。「動詞＋てくださいませんか」比「てください」是更有禮貌的請求、指示的說法。

（さ）せてください【許可】

例文 A

てくださいませんか【客氣請求】

例文 a

お名前

🎧 Track 125

2 ことだ

(1)非常…、太…；(2)就得…、應當…、最好…

意思 1

【各種感情】｛形容詞辭書形；形容動詞詞幹な｝＋ことだ。表示說話人對於某事態有種感動、驚訝等的語氣，可以接的形容詞很有限。中文意思是：「非常…、太…」。

例文 A

隣の奥さんが、ときどき手作りの料理をくれる。有難いことです。

鄰居太太有時會親手做些料理送我們吃，真是太感謝了！

意思 2

【忠告】｛動詞辭書形；動詞否定形｝＋ことだ。說話人忠告對方，某行為是正確的或應當的，或某情況下將更加理想，口語中多用在

上司、長輩對部屬、晚輩，相當於「〜したほうがよい」。中文意思是：「就得…、應當…、最好…」。

例文 B

失敗（しっぱい）したくなければ、きちんと準備（じゅんび）することです。

假如不想失敗，最好的辦法就是做足準備。

比較
べき、べきだ
必須…、應當…

接續方法 {動詞辭書形}＋べき、べきだ

意 思

【勸告】表示那樣做是應該的、正確的。常用在勸告、禁止及命令的場合。是一種比較客觀或原則的判斷，書面跟口語雙方都可以用，相當於「〜するのが当然だ」。

例文 b

学生（がくせい）は、勉強（べんきょう）していろいろなことを吸収（きゅうしゅう）するべきだ。

學生應該好好學習，以吸收各種知識。

◆ 比較說明 ◆

「ことだ」表忠告，表示地位高的人向地位低的人提出忠告、提醒，說某行為是正確的或應當的，或這樣做更加理想；「べき」表勸告。是說話人提出看法、意見，表示那樣做是應該的、正確的。常用在勸告、禁止及命令的場合。

3 ことはない
(1)不是…、並非…；(2)沒…過、不曾…；(3)用不著…、不用…

意思 1

【不必要】 是對過度的行動或反應表示否定。從「沒必要」轉變而來，也表示責備的意思。用於否定的強調。中文意思是：「不是…、並非…」。

例文 A

どんなに部屋が汚くても、それで死ぬことはないさ。

就算房間又髒又亂，也不會因為這樣就死翹翹啦！

意思 2

【經驗】 {[形容詞・形容動詞・動詞]た形}＋ことはない。表示以往沒有過的經驗，或從未有的狀態。中文意思是：「沒…過、不曾…」。

例文 B

台湾に行ったことはないが、台湾料理は大好きだ。

雖然沒去過台灣，但我最愛吃台灣菜了！

意思 3

【勸告】 {動詞辭書形}＋ことはない。表示鼓勵或勸告別人，沒有做某行為的必要，相當於「する必要はない」。口語中可將「ことはない」的「は」省略。中文意思是：「用不著…、不用…」。

例文 C

そんなに心配することないよ。手術をすればよくなるんだから。

不用那麼擔心啦，只要動個手術就會康復了。

比較

● **ほかない、ほかはない**

只有…、只好…、只得…

接續方法 {動詞辭書形}＋ほかない、ほかはない

【讓步】表示雖然心裡不願意，但又沒有其他方法，只有這唯一的選擇，別無它法。相當於「～以外にない」、「～より仕方がない」等。

例文 c

書類は一部しかないので、コピーするほかない。

しょるい　いちぶ

因為資料只有一份，只好去影印了。

◆ 比較說明 ◆

「ことはない」表勸告，表示沒有必要做某件事情；「ほかはない」表讓步，表示沒有其他的辦法，只能硬著頭皮去做某件事情。

ことはない【勸告】	ほかはない【讓步】
例文 c	例文 c

🎧 Track 127

4 べき (だ)
必須…、應當…

接續方法 {動詞辭書形}＋べき (だ)

意思1

【勸告】表示那樣做是應該的、正確的。常用在勸告、禁止及命令的場合。一般是從道德、常識或社會上一般的理念出發。是一種比較客觀或原則的判斷，書面跟口語雙方都可以用，相當於「～するのが当然だ」。中文意思是：「必須…、應當…」。

例文 A

あんな最低の男とは、さっさと別れるべきだ。

さいてい　おとこ　　　　　　　　　　　　　わか

那種差勁的男人，應該早早和他分手！

『**するべき、すべき**』「べき」前面接サ行變格動詞時，「する」以外也常會使用「す」。「す」為文言的サ行變格動詞終止形。

例　文

政府は国民にきちんと説明すべきだ。

政府應當對國民提供詳盡的報告。

比較

● はずだ

（按理說）應該…

接續方法 {名詞の；形容動詞詞幹な；[形容詞・動詞]普通形}＋はずだ

意　思

【推斷】表示説話人根據事實、理論或自己擁有的知識來推測出結果，是主觀色彩強，較有把握的推斷。

例文 a

高橋さんは必ず来ると言っていたから、来るはずだ。

高橋先生説他會來，就應該會來。

◆ 比較說明 ◆

「べき（だ）」表勸告，表示那樣做是應該的、正確的。常用在描述身為人類的義務和理想時，勸告、禁止或命令對方怎麼做；「はずだ」表推斷，表示説話人憑據事實或知識，進行主觀的推斷，有「理應如此」的感覺。

5 たらどうですか、たらどうでしょう（か）
…如何、…吧

接續方法 {動詞た形}＋たらどうですか、たらどうでしょう（か）

意思1

【提議】用來委婉地提出建議、邀請，或是對他人進行勸説。儘管兩者皆為表示提案的句型，但「たらどうですか」説法較直接，「たらどうでしょう（か）」較委婉。中文意思是：「…如何、…吧」。

例文A

Ａ社がだめなら、Ｂ社にしたらどうでしょうか。

如果Ａ公司不行，那麼換成Ｂ公司如何？

補充1

〔接連用形〕常用「動詞連用形＋てみたらどうですか、どうでしょう（か）」的形式。

例文

そんなに心配なら、奥さんに直接聞いてみたらどうですか。

既然那麼擔心，不如直接問問他太太吧？

補充2

〔省略形〕當對象是親密的人時，常省略成「たらどう、たら」的形式。

例文

遅刻が多いけど、あと10分早く起きたらどう。

三天兩頭遲到，我看你還是早個十分鐘起床吧？

補充3

〔禮貌説法〕較恭敬的説法可將「どう」換成「いかが」。

お疲れでしょう。たまにはゆっくりお休みになったらいかがですか。

想必您十分辛苦。不妨考慮偶爾放鬆一下好好休息，您覺得如何呢？

● ほうがいい

我建議最好⋯、我建議還是⋯為好

接續方法 {名詞の；形容詞辭書形；形容動詞詞幹な；動詞た形}＋ほうがいい

意　思

【勸告】用在向對方提出建議、忠告。有時候前接的動詞雖然是「た形」，但指的卻是以後要做的事。

例文 a

もう寝た方がいいですよ。

這時間該睡了喔！

◆ 比較說明 ◆

「たらどうですか」表提議，用在委婉地提出建議、邀請對方去做某個行動，或是對他人進行勸說的時候；「ほうがいい」表勸告，用在向對方提出建議、忠告（有時會有強加於人的印象），或陳述自己的意見、喜好的時候。

たらどうですか【提議】 例文 A

ほうがいい【勸告】 例文 a

6 てごらん
…吧、試著…

接續方法 {動詞て形}＋てごらん

意思1

【提議嘗試】用來請對方試著做某件事情。說法比「てみなさい」客氣，但還是不適合對長輩使用。中文意思是：「…吧、試著…」。

例文A

じゃ、今度は一人でやってごらん。

好，接下來試著自己做做看！

補充

〔漢字〕「てごらん」為「てご覧なさい」的簡略形式，有時候也會用不是簡略的原形。這時通常會用漢字「覧」來表記，而簡略形式常用假名來表記。「てご覧なさい」用法，如例：

例文

この本、読んでご覧なさい。すごく勉強になるから。

這本書你拿去讀一讀，可以學到很多東西。

比較

● てみる
試著（做）…

接續方法 {動詞て形}＋みる

意思

【嘗試】「みる」是由「見る」延伸而來的抽象用法，常用平假名書寫。表示嘗試著做前接的事項，是一種試探性的行為或動作，一般是肯定的說法。

例文a

仕事で困ったことが起こり、高崎さんに相談してみた。

工作上發生了麻煩事，找了高崎先生商量。

「てごらん」表提議嘗試，表示請對方試著做某件事情，通常會用漢字「覽」；「てみる」表嘗試，表示不知道、沒試過，為了弄清楚，所以嘗試著去做某個行為。「てみる」不用漢字。「てごらん」是「てみる」的命令形式。

てごらん【提議嘗試】

例文A

てみる【嘗試】

例文a

🎧 Track 130

7 使役形＋もらう、くれる、いただく
請允許我…、請讓我…

接續方法 {動詞使役形}＋もらう、くれる、いただく

意思1

【許可】使役形跟表示請求的「もらえませんか、いただけませんか、いただけますか、ください」等搭配起來，表示請求允許的意思。中文意思是：「請允許我…、請讓我…」。

例文A

きれいなお庭ですね。写真を撮らせてもらえませんか。

好美的庭院喔！請問我可以拍照嗎？

補 充

〖恩惠〗如果使役形跟「もらう、いただく、くれる」等搭配，就表示由於對方的允許，讓自己得到恩惠的意思。

母は一生懸命働いて、私を大学へ行かせてくれました。

媽媽拚命工作，供我上了大學。

比較

● (さ) せる

讓…、叫…、令…；把…給；讓…、隨…、請允許…

接續方法 {[一段動詞・力變動詞] 使役形；サ變動詞詞幹}＋させる；{五段動詞使役形}＋せる

意　思

【強制】表示某人強迫他人做某事，由於具有強迫性，只適用於長輩對晚輩或同輩之間；也表示誘發，表示某人用言行促使他人自然地做某種行為，常搭配「泣く（哭）、笑う（笑）、怒る（生氣）」等當事人難以控制的情緒動詞；也表示許可，表示允許或放任。

例文 a

親が子供に部屋を掃除させた。

父母叫小孩整理房間。

◆ 比較說明 ◆

「使役形＋もらう」表許可，表示請求對方的允許；「(さ) せる」表強制，表示使役，使役形的用法有：1、某人強迫他人做某事，由於具有強迫性，只適用於長輩對晚輩或同輩之間。2、某人用言行促使他人自然地做某種動作。3、允許或放任不管。

使役形＋もらう【許可】　例文 A

(さ) せる【強制】　例文 a

8 って
(1) 聽說…、據說…；(2) 他說…、人家說…

接續方法 {名詞（んだ）；形容動詞詞幹な（んだ）；[形容詞・動詞] 普通形（んだ）}＋って

意思 1

【傳聞】也可以跟表說明的「んだ」搭配成「んだって」，表示從別人那裡聽說了某信息。中文意思是：「聽說…、據說…」。

例文 A

お隣の健ちゃん、この春もう大学卒業なんだって。

住隔壁的小健，聽說今年春天已經從大學畢業嘍。

意思 2

【引用】表示引用自己聽到的話，相當於表示引用句的「と」，重點在引用。中文意思是：「他說…、人家說…」。

例文 B

留学生の林さん、みんなの前で話すのは恥ずかしいって。

留學生的林小姐說她在大家面前講話會很害羞。

比較
● そうだ

聽說…、據說…

接續方法 {[名詞・形容詞・形動容詞・動詞] 普通形}＋そうだ

意思

【傳聞】表示傳聞。表示不是自己直接獲得的，而是從別人那裡、報章雜誌或信上等處得到該信息。

例文 b

友達の話によると、もう一つ飛行場ができるそうだ。

聽朋友說，要蓋另一座機場。

◆ 比較說明 ◆

「って」和「そうだ」的意思都是「聽説…」，表傳聞，表示從他人等得到的消息的引用。兩者不同的地方在於前者是口語説法，語氣較輕鬆隨便，而後者相較之下較為正式。「って」也表引用。前接自己聽到的話，表示引用自己聽到的話；「そうだ」前接自己聽到或讀到的信息。表示該信息不是自己直接獲得的，而是間接聽説或讀到的。不用否定或過去形式。

って【傳聞、引用】

例文B

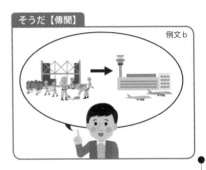

そうだ【傳聞】

例文b

🎧 Track 132

9 とか
好像…、聽説…

接續方法 {名詞；形容動詞詞幹；[名詞・形容詞・形容動詞・動詞] 普通形}＋とか

意思1

【傳聞】用在句尾，接在名詞或引用句後，表示不確切的傳聞，引用信息。比表示傳聞的「そうだ、ということだ」更加不確定，或是迴避明確説出，一般用在由於對消息沒有太大的把握，因此採用模稜兩可，含混的説法。相當於「〜と聞いている」。中文意思是：「好像…、聽説…」。

例文A

営業部の中田さん、沖縄の出身だとか。

業務部的中田先生好像是沖繩人。

● っけ

是不是…來著、是不是…呢

接續方法 {名詞だ (った)；形容動詞詞幹だ (った)；[動詞・形容詞]
た形}＋っけ

意思

【確認】用在想確認自己記不清，或已經忘掉的事物時。「っけ」是
終助詞，接在句尾。也可以用在一個人自言自語，自我確認的時候。
當對象為長輩或是身分地位比自己高時，不會使用這個句型。

例文 a

さて、寝るか。あれ、もう歯磨きはしたんだっけ。

好了，睡覺吧。刷過牙了嗎？

◆ 比較說明 ◆

「とか」表傳聞，説話者的語氣不是很肯定；「っけ」表確認，用在
説話者印象模糊、記憶不清時進行確認，或是自言自語時。

🎧 Track 133

10 ということだ
(1)…也就是說…、就表示…；(2)聽說…、據說…

接續方法 {簡體句}＋ということだ

意思 1

【結論】明確地表示自己的意見、想法之意，也就是對前面的內容
加以解釋，或根據前項得到的某種結論。中文意思是：「…也就是
說…、就表示…」。

成功した人は、それだけ努力したということだ。

成功的人，也就代表他付出了相對的努力。

【傳聞】表示傳聞，從某特定的人或外界獲取的傳聞。比起「そうだ」來，有很強的直接引用某特定人物的話之語感。中文意思是：「聽説⋯、據説⋯」。

営業部の吉田さんは、今月いっぱいで仕事を辞めるということだ。

聽說業務部的吉田小姐將於本月底離職。

● わけだ

當然⋯、 難怪⋯

接續方法 {形容動詞詞幹な；[形容詞・動詞]普通形}＋わけだ

【結論】表示按事物的發展，事實、狀況合乎邏輯地必然導致這樣的結果。與側重於説話人想法的「はずだ」相比較，「わけだ」傾向於由道理、邏輯所導出結論。

3年間留学していたのか。道理で英語がペラペラなわけだ。

到國外留學了三年啊！難怪英文那麼流利。

◆ 比較說明 ◆

「ということだ」表傳聞，用在説話者根據前面事項導出結論；「わけだ」表結論，表示依照前面的事項，勢必會導出後項的結果。

🎧 Track 134

11 んだって
聽說…呢

接續方法 {[名詞・形容動詞詞幹]な}＋んだって；{[動詞・形容詞] 普通形}＋んだって

意思1

【傳聞】表示説話者聽説了某件事，並轉述給聽話者。語氣比較輕鬆隨便，是表示傳聞的口語用法。是「んだ（のだ）」跟表示傳聞的「って」結合而成的。中文意思是：「聽説…呢」。

例文A

楽しみだな。頂上からの景色、最高なんだって。

好期待喔。據說站在山頂上放眼望去的風景，再壯觀不過了呢。

補充

〖女性－んですって〗女性會用「んですって」的説法。

例文

お隣の奥さん、元女優さんなんですって。

聽說鄰居太太以前是女星呢。

比較

● **とか**

好像…、聽說…

接續方法 {名詞；形容動詞詞幹；[名詞・形容詞・形容動詞・動詞] 普通形}＋とか

意思

【傳聞】 用在句尾，接在名詞或引用句後，表示不確切的傳聞。比表示傳聞的「そうだ」、「ということだ」更加不確定，或是迴避明確說出。相當於「～と聞いている」。

例文 a

とう じ　　　　　　　しんかんせん
当時はまだ新幹線がなかったとか。

聽說當時還沒有新幹線。

◆ 比較說明 ◆

「んだって」表傳聞，表示傳聞的口語用法。是說話者聽說了某信息，並轉述給聽話者的表達方式；「とか」也表傳聞。是說話者的語氣不是很肯定，或避免明確說明的表現方式。

んだって【傳聞】

例文A

頂上からの景色、
最高なんだって。

とか【傳聞】

例文 a

🎧 Track 135

12 って（いう）、とは、という（のは）（主題・名字）
所謂的…、…指的是；叫…的、是…、這個…

意思 1

【話題】 {名詞}＋って、とは、というのは。表示主題，前項為接下來話題的主題內容，後面常接疑問、評價、解釋等表現，「って」為隨便的口語表現，「とは、というのは」則是較正式的說法。中文意思是：「所謂的…、…指的是」。

アフターサービスとは、どういうことですか。

所謂的售後服務，包含哪些項目呢？

補　充

〔**短縮**〕{名詞}＋って（いう）、という＋{名詞}。表示提示事物的名稱。中文意思是：「叫…的、是…、這個…」。

例　文

「ワンピース」っていう漫画、知ってる。

你聽過一部叫做《海賊王》的漫畫嗎？

比較
- **と**
  說…、寫著…

接續方法 {句子}＋と

意　思

【引用內容】「と」接在某人説的話，或寫的事物後面，表示説了什麼、寫了什麼。

例文a

子供が「遊びたい」と言っています。

小孩說：「好想出去玩」。

◆ 比較說明 ◆

「って」表話題，是口語的用法。用在介紹名稱，説明不太熟悉的人、物地點的名稱的時候。有時説成「っていう」，書面語是「という」；「と」表引用內容，表示間接引用。

って【話題】

例文A

と【引用内容】

例文a

遊びたい

13 ように (いう)
告訴…

接續方法 {動詞辭書形；動詞否定形}＋ように (言う)

意思1

【間接引用】 表示間接轉述指令、請求、忠告等內容，由於原本是用在傳達命令，所以對長輩或上級最好不要原封不動地使用。中文意思是：「告訴…」。

例文A

監督は選手たちに、試合前日はしっかり休むように言った。

教練告訴了選手們比賽前一天要有充足的休息。

補 充

〖**後接說話動詞**〗後面也常接「お願いする (拜託)、頼む (拜託)、伝える (傳達)」等跟說話相關的動詞。

例 文

子供が寝ていますから、大きな声を出さないように、お願いします。

小孩在睡覺，所以麻煩不要發出太大的聲音。

● なさい

要…、請…

接續方法 {動詞ます形}＋なさい

意思

【命令】表示命令或指示。一般用在上級對下級，父母對小孩，老師對學生的情況。比起命令形，此句型稍微含有禮貌性，語氣也較緩和。由於這是用在擁有權力或支配能力的人，對下面的人說話的情況，使用的場合是有限的。

例文 a

しっかり勉強しなさいよ。

要好好用功讀書喔！

◆ 比較說明 ◆

「ように（いう）」表間接引用，表示間接轉述指示、請求、忠告等內容；「なさい」表命令，表示命令或指示。跟直接使用「命令形」相比，語氣更要婉轉、有禮貌。

ように（いう）【間接引用】
例文 A

なさい【命令】
例文 a

🎧 Track 137

14 命令形＋と

接續方法 {動詞命令形}＋と

【直接引用】前面接動詞命令形、「な」、「てくれ」等，表示引用命令的內容，下面通常會接「怒る（生氣）、叱る（罵）、言う（説）」等相關動詞。

意思A

毎晩父は、「子供は早く寝ろ」と部屋の電気を消しに来る。

爸爸每晚都會來我的房間關燈，並說一句：「小孩子要早點睡！」

意思2

【間接引用】除了直接引用説話的內容以外，也表示間接的引用。

例文B

課長に、今日は残業してくれと頼まれた。

科長拜託我今天留下來加班。

比較

● 命令形

　給我…、不要…

接續方法　（句子）＋{動詞命令形}＋（句子）

意　思

【命令】表示命令。一般用在命令對方的時候，由於給人有粗魯的感覺，所以大都是直接面對當事人説。一般用在對孩子、兄弟姊妹或親友時。也用在遇到緊急狀況、吵架、運動比賽或交通號誌等的時候。

例文b

うるさいなあ。静かにしろ。

很吵耶，安靜一點！

◆ 比較説明 ◆

「命令形＋と」表間接引用，表示引用命令的內容；「命令形」表命令，表示命令對方要怎麼做，也可能用在遇到緊急狀況、吵架或交通號誌等的時候。

命令形＋と【間接引用】	命令形【命令】
例文B	例文b

🎧 **Track 138**

15 てくれ
做…、給我…

接續方法 {動詞て形}＋てくれ

意思 1

【引用命令】 後面常接「言う（說）、頼む（拜託）」等動詞，表示引用某人下的強烈命令，或是要別人替自己做事的內容。使用時，這個某人的地位必須要比聽話者還高，或是輩分相等，才能用語氣這麼不客氣的命令形。中文意思是：「做…、給我…」。

例文A

A社の課長さんに、君に用はない、帰ってくれと言われてしまった。

A公司的科長向我大吼說：再也不想見到你，給我出去！

比較

● てもらえないか
能（為我）做…嗎

接續方法 {動詞て形}＋てもらえないか

意思

【行為受益－同輩、晚輩】 表示請求別人做某行為，且對那一行為帶著感謝的心情。也就是接受人由於給予人的行為，而得到恩惠、利益。一般是接受人請求給予人採取某種行為的。這時候接受

人跟給予人大多是地位、年齡同等的同輩。句型是「**接受人は（が）給予人に（から）～を動詞てもらう**」。或給予人也可以是晚輩。

例文 a

ちょっと、助けてもらいないか。

請幫我一個忙。

◆ 比較說明 ◆

「**てくれ**」表引用命令，表示地位高的人向地位低的人下達強烈的命令，命令某人為說話人（或說話人一方的人）做某事；「**てもらえないか**」表行為受益－同輩、晚輩，表示願望。用「**もらう**」的可能形，表示說話人（或說話人一方的人）請求別人做某行為。也可以用在提醒他人的場合。

てくれ【引用命令】

例文 A

てもらえないか【行為受益－同輩、晚輩】

例文 a

次の文の＿＿＿＿にはどんな言葉を入れたらよいか。1・2から最も適当なものをひとつ選びなさい。

實力測驗
Q 哪一個是正確的？

1
思いやりのある子に（　　）。
1. 育ってもらう
2. 育ってほしい

譯
1. 育ってもらう：（我）請（某人養育）…
2. 育ってほしい：希望教育成…

2
時間は十分あるから急ぐ（　　）。
1. ことはない　　2. ほかはない

譯
1. ことはない：用不著…
2. ほかはない：只好…

3
姉は父にプレゼントをして（　　）。
1. 喜ばせた　　　2. 喜ばせられた

譯
1. 喜ばせた：使高興
2. 喜ばせられた：被迫高興

4
ここ1週間くらい（　　）お陰で、体がだいぶ良くなった。
1. 休ませた
2. 休ませてもらった

譯
1. 休ませた：使我休息
2. 休ませてもらった：讓我休息

5
田中君、急に用事を思い出したもんだから、少し時間に遅れる（　　）。
1. って　　　　　2. ようがない

譯
1. って：他說…
2. ようがない：沒辦法

6
ご意見がないということは、皆さん、賛成（　　）ね。
1. ということです　　2. わけです

譯
1. ということです：也就是說…
2. わけです：怪不得…

答案：（1）2（2）1（3）1
（4）2（5）1（6）1

索引
Saku In

あ

いっぽうだ......68
うちに......21
おかげで（だ）......29
おそれがある......52

か

かけ（の）、かける......62
がちだ（の）......69
からいうと、からいえば、からいって......95
から〜にかけて......105
から（に）は......140
かわりに......110
ぎみ......70
きる、きれる、きれない......87
くせに......191
くらい（ぐらい）〜はない、ほど〜はない......76
くらい（だ）、ぐらい（だ）......80
くらいなら、ぐらいなら......179
こそ......202
ことか......127
ことだ......212
ことにしている......161
ことに（と）なっている......160
ことはない......214

さ

さいちゅうに（だ）......13
さい（は）、さいに（は）......16
さえ、でさえ、とさえ......82
さえ〜ば、さえ〜たら......148
（さ）せてください、（さ）せてもらえますか、（さ）せてもらえませんか......211
しかない......198
せいか......26
せいで（だ）......27

た

だけしか......199
だけ（で）......200
たとえ〜ても......149
（た）ところ......151
たとたん（に）......15
たび（に）......102
たらいい（のに）なあ、といい（のに）なあ......121
だらけ......63
たら、だったら、かったら......154
たらどうですか、たらどうでしょう（か）......217
ついでに......169
（っ）きり......196
っけ......55
って......222
って（いう）、とは、という（のは）（主題・名字）......227

っぱなしで（だ、の）　　99

っぽい　　66

ていらい　　12

てからでないと、てからでなければ　152

てくれ　　232

てごらん　　219

て（で）たまらない　　129

て（で）ならない　　131

て（で）ほしい、てもらいたい　　122

てみせる　　126

命令形＋と　　230

ということだ　　224

というより　　180

といっても　　192

とおり（に）　　85

どおり（に）　　86

とか　　223

ところだった　　42

ところに　　17

ところへ　　18

ところを　　20

として（は）　　96

としても　　189

とすれば、としたら、とする　　156

とともに　　167

など　　203

などと（なんて）いう、などと（なんて）
おもう　　205

なんか、なんて　　206

において、においては、においても、
における　　101

にかわって、にかわり　　112

にかんして（は）、にかんしても、に
かんする　　103

にきまっている　　46

にくらべ（て）　　181

にくわえ（て）　　170

にしたがって、にしたがい　　89

にしては　　183

にしても　　190

にたいして（は）、にたいし、にたい
する　　185

にちがいない　　47

につき　　31

につれ（て）　　90

にとって（は、も、の）　　97

にともなって、にともない、にともな
う　　92

にはんし（て）、にはんする、にはん
した　　186

にもとづいて、にもとづき、にもとづ
く、にもとづいた　　114

によって（は）、により　　32

による　　34

によると、によれば　　115

にわたって、にわたる、にわたり、に
わたった　　106

（の）ではないだろうか、（の）ではな
いかとおもう　　49

な

ないことも（は）ない　　53

ないと、なくちゃ　　138

ないわけにはいかない　　139

は

ばかりか、ばかりでなく ···············171
ば～ほど ·····································77
はもちろん、はもとより ···············173
ばよかった ·······························157
はんめん ··································187
べき（だ） ··································215
ほか（は）ない ····························142
ほど ···79

ま

までに（は） ·······························23
み ···65
みたい（だ）、みたいな ················50
むきの（に、だ） ·························72
むけの（に、だ） ·························73
命令形＋と ·······························230
もの、もん ································38
ものか ·····································208
ものだ ·····································132
ものだから ·······························35
もので ·····································37
使役形＋もらう、くれる、いただく ····220

や

ようが（も）ない ·························164
ような ·····································174

ようなら、ようだったら ···············153
ように ·····································124
ように（いう） ····························229
ようになっている ·······················162
より（ほか）ない、ほか（しかたが）ない ···143

わ

句子＋わ ··································133
わけが（は）ない ·························56
わけだ ·····································41
わけでは（も）ない ·····················58
わけには（も）いかない ···············145
わりに（は） ·······························182
をこめて ··································134
をちゅうしんに（して）、をちゅうしんとして ···116
をつうじて、をとおして ···············109
をはじめ（とする、として） ···········176
をもとに（して） ··························117
んじゃない、んじゃないかとおもう ···59
んだって ··································226
んだもん ··································40

MEMO

關鍵字版

日本語 圖解
文法比較辭典 中級 N3

[25K＋MP3]

比較日語 02

- ■ 發行人／**林德勝**

- ■ 著者／**吉松由美、田中陽子、西村惠子、大山和佳子、山田社日檢題庫小組**

- ■ 譯者／**吳季倫**

- ■ 出版發行／**山田社文化事業有限公司**
  臺北市大安區安和路一段112巷17號7樓
  電話　02-2755-7622
  傳真　02-2700-1887

- ■ 郵政劃撥／**19867160號　大原文化事業有限公司**

- ■ 總經銷／**聯合發行股份有限公司**
  新北市新店區寶橋路235巷6弄6號2樓
  電話　02-2917-8022
  傳真　02-2915-6275

- ■ 印刷／**上鎰數位科技印刷有限公司**

- ■ 法律顧問／**林長振法律事務所　林長振律師**

- ■ 書＋MP3／**定價　新台幣 310 元**

- ■ 初版／**2020年 4 月**

© ISBN : 978-986-246-575-2
2020, Shan Tian She Culture Co. , Ltd.